Royal Kiss Label

ブリリアント・ブライド
～煌めきの姫と五人の求婚者たち～

姫野百合

JN267259

JULIAN
a day in the life

この物語はフィクションであり、実在の人物・団体・事件等とは、いっさい関係ありません。

ブリリアント・ブライド
〜煌めきの姫と
五人の求婚者たち〜

イラスト・KRN

Contents

第一章　乙女は恋にあこがれる

「いいこと？　今から、あなたがスフェーンよ」

きらきらときらめく緑の瞳をした乙女が言った。

「はい。姫さま」

そう答えたのも、緑の瞳をした乙女だ。だが、こちらの乙女の瞳は、先ほどの乙女よりも、いささか穏やかで淡いさわやかな緑色だ。

温暖なベルフト王国の初夏は輝くように美しい。離宮の前庭の広大なフランス式庭園では、色とりどりの薔薇《ばら》がふっくらと蕾《つぼみ》をふくらませ始めている。

その中を、愛らしいふたりの乙女は、連れ立って、ゆっくりと歩いていた。

きらめく緑の瞳のほうの乙女は、少しいたずらっぽい表情をして、もう一方の乙女をたしなめる。

「だめでしょう。オリヴィン。今は、あなたが『姫さま』よ。わたしのことはオリヴィンって呼ばなくちゃ」

「……はい……」

「ふたりきりの時でも油断してはだめ。いい？　あなたが王女スフェーン。わたしが王女の小《こ》間使《まづか》いオリヴィンよ」

スフェーンがにっこり笑うと、オリヴィンは困ったように目を伏せる。

「でも……、ほんとうに、できるのでしょうか……。あたしなんかが姫さまになりすますなんて……」

オリヴィンの不安ももっともだった。

元々、この計画は無謀《むぼう》なのだ。

でも……。

「ごめんなさい。オリヴィン。オリヴィンの気が進まないのはわかっているわ」

「姫さま……」

「だけど、これにはわたしの将来がかかっているのよ。お願い。協力して」

スフェーンはベルフト王の娘としてこの世に生を受けた。

ベルフト王国は、豊かな水と緑に恵まれた、実り多い豊かな国だ。

王である父は慈悲深く寛大で、王妃である母はやさしく心穏やか。兄たちにもかわいがられ、今まで何不自由なく育ってきたスフェーンだが、それでも、どうにもならないことがある。

王族の結婚相手は、王が決めるのが慣《なら》わし。

王女には自分で結婚相手を選ぶ自由はない。

幼かったスフェーンも、すくすくと育ち、今や、匂い立つような美しい乙女となった。

年ごろとなったスフェーンの結婚相手として、ベルフト王が選んだのは五人の候補者。

父が言うには、いずれも、スフェーンの夫となるに相応《ふさわ》しい資質を持った立派な人物らしい。

『その五人をアナトリの離宮に招いた。彼らは、しばらくの間、そこに滞在する予定だ。おまえもアナトリの離宮に行って、その五人の人となりを見定め、どの男の元に嫁《とつ》ぐか自分で決めなさい』

本音を言えば、結婚なんてしたくない。知らない人と知らない場所で暮らすなんて、考えただけでもゾッとする。できるものなら、ずっと、ずっと、このベルフト王国で家族と一緒に暮らしたい。

だけど、スフェーンはその気持ちを父に伝えることはできなかった。

五人の候補者を立て、その中からスフェーン自身が選ぶよう取り計らってくれたのは、せめてもの父の愛なのだ。

あきらめて、その五人の中から一番まともそうな男を選ぶしかない。

まず、乱暴でないこと。

それから、押しつけがましくなくて、束縛しない人がいい。

スフェーンを大事にしてくれるやさしい人なら、なおよくて、スフェーンが少しは好きになれそうな人なら最高……。

だが、そこで、スフェーンは、ふと、疑問を覚える。

(そうは言っても、ちょっと見ただけで、そんなこと、わかるものかしら？)

五人の候補者たちにとっても、この結婚には魅力があるはず。

ベルフト王国は、平地が多く古くから大きな街道が整っている上に、南北に良港がある。陸、及び海上の交通の要地を抱えるベルフト王国と友好を深めることは、貿易、流通において大変意義があった。

また、温暖な土地柄であるベルフト王国の農作物は、質、量共に優《すぐ》れている。荒地の多い国や、天候不純に苦慮《くりょ》し続けている国は、ベルフト王国から食料を安定的に輸入したいと考えるだろう。

彼らにとって、スフェーンとの結婚とは、自身が利益を得るための手段なのだ。

当然、スフェーンの気を引こうと必死になるに違いない。スフェーンの前では、自分の悪いところは隠して、いい顔ばかりするに決まってる。

いい人だと思って結婚したのに、結婚した途端、人が変わったように、いじわるになったり、乱暴になったり、なんて、そういう結果は、絶対にいや。

見極《きわ》めは慎重に行わなくてはならない。相手の本性まで、しっかり見抜かなくては。

(でも、どうやって？)

そうして、思いついたのが、小間使いのオリヴィンと入れ替わること。

アナトリの離宮にいる間、オリヴィンが王女スフェーンのふりをして、スフェーンは小間使いのオリヴィンのふりをする。

五人の候補者たちは、王女の前ではいい顔をするかもしれないが、小間使いを相手に自分を取り繕《つくろ》ったりはしないだろう。王女スフェーンには見せない素顔でも、小間使いのオリヴィンには、うっかりさらしてしまう、なんてこともあるかもしれない。

いや、ある！

（きっと、あるわ!!）

「大丈夫よ」

オリヴィンの不安を吹き飛ばすように、スフェーンは明るく笑った。

「そのドレスだって、とっても似合っているもの。誰ひとり、あなたを王女でないと疑う者はいないわ」

オリヴィンがまとっているのは、ごくごく淡い薔薇色のブロケードに色とりどりの花の刺繍《ししゅう》を施《ほどこ》したローブだ。胸元とペチコートは幾重《いくえ》にも重なった白いレースで、細い首にはローブと同じ色合いのリボンを巻いている。

すべてスフェーンの持ち物だが、ふんわりとしたやさしい色合いの装いは、スフェーンよりも、むしろ、可憐《かれん》な雰囲気を持つオリヴィンにとてもよく似合う。

「こんなドレスを着られて、あたし、すごく、しあわせです。でも、姫さまは……」

オリヴィンは、恥ずかしそうに頬を染めながらも、スフェーンのほうを見て、眉を寄せた。

スフェーンが着ているのは、黒っぽい地味なローブに、控えめなレースを施した肩掛け、白いエプロンという、いかにも小間使いといったものだった。いつもは、豊かに背を覆《おお》っているやわらかにカールしたはちみつ色の髪も、今はきっちり結われ、同じく白のボンネットの下だ。

オリヴィンは泣きそうな顔になっていた。

「姫さまがこんな格好をなさっているのを王さまがご覧になったら、なんておっしゃるか……」

その内、ベルフト王もこのアナトリの離宮にやってくる。それまで、入れ替わりのことはベルフト王にも内緒にしておくつもりだ。アナトリの離宮の使用人たちにもしっかり口止めをしてある。

スフェーンは笑顔で胸を張った。

「平気よ。父上はわたしに甘いもの」

ベルフト王が末の姫にことのほか甘いのは、国じゅうの知るところだ。

ベルフト王は、礼儀やお行儀《ぎょうぎ》には誰よりも厳しい父親だが、それでも、スフェーンが甘えてみせれば、よほどのことでない限り、最後には許してくれる。

「それより。オリヴィン。笑って。せっかくかわいいのに、泣いたらもったいないわ」

「姫さまったら……」

ふたりして、手を取り笑い合ったその時、ふいに、どこからか馬のいななく声が響いてきた。

「え……？　何……？」

驚いて、そちらのほうに目を向けたスフェーンの緑の瞳に映ったのは、恐ろしい勢いでこちらに向かってくる二頭立ての馬車。

(なぜ、こんなところに馬車が？)

街道から離宮の入り口までは馬車道が整えられている。離宮を訪れる客は、そこをゆっくりとやってくるのが普通だ。

なのに、庭園へ踏み込んでくるなんて、いったい、誰が、なんのために、そんな乱暴狼藉《ろうぜき》を？

憤《いきどお》りにひそめた緑の瞳が、次の瞬間、恐怖に大きく見開かれる。

御者台《ぎょしゃ》は空だった。たぶん、御者は振り落とされてしまったのだ。

スフェーンの唇から悲鳴があふれた。

オリヴィンは、悲鳴さえも上げられないのか、ただ、呆然と、目を見開いている。

馬車はまっすぐにこちらに向かっていた。

本来、馬は賢い生き物だ。普通の状態であれば、道をそれ、庭園を突っ切るような真似はしない。人がいれば、ちゃんと避《よ》けもするだろう。

だが、我を失った今の二頭にそれを求めるのは無理な相談だ。馬をたしなめ、制御する御者もいない。

馬の巨体はすぐそこまで迫ってきていた。

（このままだと、ふたりとも轢《ひ》かれてしまうわ！）

思った瞬間、身体が勝手に動いた。

スフェーンは渾身《こんしん》の力でオリヴィンを突き飛ばす。

馬が後ろ足で立ち上がるのが、時間が引き延ばされたみたいに、いやに、ゆっくりと見えた。

その向こうに、恐怖に歪《ゆが》んだオリヴィンの顔。

（ああ。もう。だめ）

蹴《け》られる。

スフェーンは、身をすくめ。きつく目をつぶった。

だが、その時――――。

「止まれ！」

鋭い声と共に、馬車を曳《ひ》く馬の隣に白い馬が横づけされた。

乗っているのは若い男だ。

その若い男は、一方の馬の轡《くつわ》を掴み、大きな声で馬に命じるように叫ぶ。

「止まれ！　いい子だから、止まるんだ！」

少しだけ遅れて、もう一方の馬の轡を、今度は別の若い男が掴んだ。

甲高《かんだか》く、せつなげないななきが響き渡り、硬い蹄鉄《ていてつ》がスフェーンのすぐ傍《かたわ》らの地面をもがくように何度か蹴りつける。

馬はまだ興奮していた。一旦は足を止めたものの、いつ、また走り出すかわからない状況だ。

葦毛《あしげ》の馬の若い男が馬車馬に話しかけた。

「大丈夫。大丈夫」

言い聞かせるような、やさしい声。

「怖いことなんて、もう、何もないよ。僕がいるから、安心して」

白馬の男も、なおも暴れようと頭を振り続けている馬車馬の手綱《たづな》をしっかりと取って、馬を落ち着かせようとしている。

問うまでもなく、ふたりの若い男は馬の扱いに慣れていた。

たとえば、父である王の御者や、スフェーンの兄たちだって、こうまで鮮やかに暴れ馬を鎮《しず》めることができるだろうか？

「……止まっ……た……の……？」

スフェーンは、震えながら、すぐ目の前にある馬車馬を見上げた。あまりにも近過ぎて、馬の足しか見えない。それくらい危機一髪だった。

「……助かった……」

大きく息を吐き、身を起こそうとして果たせず、スフェーンはへなへなと地面にへたり込む。

下半身に全く力が入らなかった。

これが、いわゆる『腰が抜けた』という状態か。

茫然自失《ぼうぜんじしつ》のままスフェーンが地面にうずくまっていると、白馬の男が馬から下りてきて、スフェーンに右手を差し出す。

「大丈夫か？」

「え……、ええ……」

「立てないんだろ？　手を貸せよ」

男の右手が伸びてきて強引にスフェーンの腕を掴んだ。

ぐい、と強い力で腕を引かれ、身体ごと男の胸の中に引き寄せられる。

びっくりするくらい近くで、若い男の瞳がスフェーンを見つめていた。青い、青い、瞳。こんなにも深く澄《す》んだ濃いブルーをスフェーンは初めて見た。

「怪我《けが》はないか？」

「だ、だいじょうぶ……」

「身を挺《てい》して主人をかばうなんて、小間使い殿は勇敢《ゆうかん》だな」

微笑むその顔に、なぜだか、胸が、ドキリ、と騒ぐ。

深みのある声。

まなざしは甘く、スフェーンを落ち着かせるように背中を撫でる手つきは、どこまでもやさしい。

そのくせ、スフェーンを抱き締めている腕はとても力強かった。

(それに、なんて広い胸なのかしら……)

決して小柄というわけではないスフェーンでさえ、この胸の中に、すっぽりと隠れてしまいそうだ。

そして、スフェーンを包み込む体温の、あたたかなことといったら!

(これが男の人の胸なのね……)

こうして抱き締められていると、とっても、とっても、気持ちいい……。

――――って。

(わたしったら、うっとりしてる場合!?)

それよりも、オリヴィンだ。

(オリヴィンは無事なの!?)

急速に我に返ったスフェーンは、目の前の胸を突き飛ばし、男の腕の中から抜け出すと、オリヴィンの元へと駆け寄った。

地面にうずくまったままぶるぶる震えているオリヴィンを、そっと抱き起こして、スフェーンはささやく。

「無事でよかったわ。オリヴィン」

「よくありません……。あたしなんか、放っておいてくだされぱいいのに……」

たしなめるまでもなく、オリヴィンの声は消え入りそうに小さい。たぶん、ショックが大き過ぎて、まだ、うまく声を出せないのだろう。

「仕方がないでしょう。身体が勝手に動いてしまったんですもの」

おどけたようにスフェーンがそう言うと、オリヴィンは、声を詰まらせ、泣きじゃくった。

「あたしなんかをかばったせいで、姫さまにもしものことがあったら、あたし……、あたし……」

「オリヴィン……」

スフェーンは、オリヴィンをぎゅっと抱き締め、背中をやさしく撫でてやる。

一つ年下のオリヴィンがスフェーンの小間使いになって三年が経つ。

貴族の家の出身ではないけれど、賢く、控えめで、思いやり深いオリヴィンのことが、スフェーンは大好きだった。

兄しかいないスフェーンにとって、オリヴィンは妹のような存在なのだ。

泣くだけ泣いて、少しだけオリヴィンが落ち着いたのを見計らい、スフェーンはオリヴィンの手を取って立たせる。

馬車馬は、もう、すっかりおとなしくなっていた。

白馬と葦毛も一緒に、四頭そろって静かに並んでいる
スフェーンは、その傍らで馬の手綱を握っているふたりの男の様子を、ちらり、と窺《うかが》った。

スフェーンを抱き起こした白馬の男は、彼の青い青い瞳同様、端正《たんせい》で涼しげな顔立ちをしていた。輝くような黄金の髪はすっきりとした短髪で、一見《いっけん》、細身に見えるが、スフェーンを抱き寄せた腕は力強くたくましかった。

一方、葦毛のほうの男は、こちらも青い瞳だが、白馬の男に比べて薄い色をしている。髪は熟《う》れた小麦のような金髪。顔にはうっすらとそばかすがあり、白馬の男に比べて、全体にやさしげな印象だ。

どちらも、背が高く、引き締まった身体つきをしている。

年齢は、スフェーンより三つか四つくらい年上、といったところだろうか？

(でも、この人たち、誰？)

見たことのない顔だ。

少なくとも、アナトリの離宮の使用人ではなさそうだが……。

「おいおい。それが助けてやった俺たちに対する態度か？」

不審げにふたりを見回していたスフェーンに、例の青い青い瞳の男があきれたように肩をすくめる。

「主人思いなのはけっこうだが、小間使い殿は礼儀がまるでなっていないな」

皮肉たっぷりに言われて、ちょっとムカッときたけれど、しかし、男の言うことも、もっともだ。

スフェーンは、急いでにっこりと笑顔を作り、葦毛の馬の男に、それを向ける。

白馬の男ではなく、葦毛の馬の男を選んだのは、白馬の男に対する厭味《いやみ》というより、そちらの服装のほうが立派だったからだ。

葦毛の馬の男は、上質の毛織物のジレの上に、見るからに仕立てのよい絹の上着を羽織っている。

一方、白馬の男のほうは、白の麻のシャツに黒のジレという、飾り気のない装い。

おそらく、葦毛の馬の男が主人で、白馬の男はその従者か何かだろう。

「こちらは、ベルフト王国の王女、スフェーンさまでございます。どこのどなたかは存じませんが、お助けいただきありがとうございました」

スフェーンは、凛《りん》とした声でそう言って、それから、葦毛の馬の男に向かい、優雅な仕草で頭を下げた。

打って変わったスフェーンの礼儀正しい態度に、白馬の男は、ぴくん、と眉を動かしたが、すぐに気を取り直し、もったいぶった口調で従者の役割を果たす。

「こちらは、ドレイク王国の第一王子アウィンさまでいらっしゃいます」

その名を聞いて、今度は、スフェーンが、ぴく、と耳を震わせた。

ドレイク王国のアウィン王子といえば、父が選んだ五人の求婚者の内のひとりではないか。

（この人が……）

失礼にならないよう気遣いながら、ちらり、とアウィンを窺う。

見た目は……、まあ、普通？

でも、やさしそうではある。

暴走する馬車馬を止めた手際《てぎわ》は見事だったし、少なくとも、いざという時にちっとも頼りにならない、ということはなさそうだ。

(この人なら、まあ、許せる、かな……)

どこかぼんやりとした気持ちでそう思ったスフェーンだったが、続く白馬の男の言葉に眉を寄せる。

「ちなみに、私はアウィン殿下の馬番でユークレースと申します。そちらの失礼な小間使い殿のお名前をお伺《うかが》いしてもよろしゅうございますか？」

(前言撤回。こんな感じの悪い家臣のいる男は、やっぱり、いやよ)

心の中で吐き捨てながら、スフェーンはとびきりの笑顔を作った。

「スフェーンさまの小間使いのオリヴィンですわ。どうぞお見知りおきを。野蛮《やばん》な馬番さま」

ユークレースの笑顔が引きつる。

「野蛮とはなんだ？　俺のことか？」

「あら。自覚がおありになったの？」

「せっかく助けてやった恩も忘れて、なんという女だ」

「乙女の身体を遠慮会釈なく撫で回すような方に言われる筋合いはございませんわ」

「俺はそんなことはしていない！」

言い合うふたりを困ったような顔をして眺めていたアウィンは、おずおずとオリヴィンに向き直る。

「あの……、お初にお目にかかります。スフェーン姫。僕はアウィンと申します。姫さまにお会いするために、はるばるドレイクからやって参りました」

オリヴィンは、白い頬を、ぽっ、と薔薇色に染め、背の高いアウィンを見上げた。

「……は、はじめまして……。スフェーンでございます。遠いところをよくおいでになりました」

はっとして、スフェーンはオリヴィンに視線を向ける。

そうだった。

こんなところで、無駄《むだ》に不毛な言い合いをしている場合ではなかった。

今はオリヴィンがスフェーンで、スフェーンがオリヴィンなのだ。

(もっと小間使いらしくしなくっちゃ)

気を取り直して、オリヴィンに寄り添うと、アウィンが薄青い瞳を細めて怪訝《けげん》そうにつぶやいた。

「しかし、どなたの馬車でしょう？　なぜ、こんなところに？」

その疑問をユークレースが引き取って答える。

「王子。ご覧ください。馬車に蛇の紋章《もんしょう》が刻まれております。あれはセルペンスの紋章です」

セルペンスといえば、かつては大変好戦的な国として知られていた北方の大国だ。

現在はベルフト王国とも友好条約を結び、表向きは穏便《おんびん》な関係を保っているものの、その真意は不明で、いまだ不気味な存在感を放つ国であると言えなくもない。

「たしか、セルペンスの王弟殿下も、スフェーン姫に求婚しておいでででしたね」

続くユークレースの言葉に、さわ、と胸が波立ったのを悟られぬよう、スフェーンはまなざしを伏せうなずいた。

「さようでございます」

「ということは、これは王弟殿下の馬車でしょうか」

「おそらくそうでしょう。セルペンスの王弟殿下エピドートさまも一両日中にはおいでになると伺っております」

アウィンが穏やかな声とまなざしをオリヴィンに向ける。

「アナトリの森は大変豊かです。生き物も多い。あるいは狐かうさぎにでも驚いたのかもしれませんね」

オリヴィンは小さく微笑んで頭を下げた。

「ほんとうに、助かりました、ありがとうございます」

「ユークレースとふたり、馬でこちらに向かっている最中、あの馬車に出会ったのですが、急いで追いかけてきてよかった」

「御者の方は大丈夫でしょうか。お怪我がなければよいのだけれど……」

「スフェーン姫はおやさしい方なのですね」

「いえ……。そんな……」

その様子を見て、スフェーンは少しほっとする。

(オリヴィンたら、案外上手に姫をやっているじゃないの)

この調子なら、入れ替わり作戦もうまくいきそうだわ。

心の中で、こっそり、うなずいていると、遠くから馬車の音が響いてきた。

紋章は蛇。同じくセルペンスの馬車だが、今度は荷馬車ではなく人が乗っているようだ。

「お怪我は……、お怪我はございませんでしたか……!?」

青ざめた顔をして、御者台から血だらけの男が飛び降りてくる。たぶん、これが、振り落とされた御者だろう。御者台には、もうひとり御者がいて手綱をしっかりと握っている。

「いったい、何があったのですか?」

スフェーンが毅然《きぜん》として聞くと、血だらけの男が答えた。

「いきなり狐が飛び出してきて、驚いた馬に振り落とされてしまったのです。普段はおとなしい馬なのですが、まさか、こんなことになろうとは……」

「見たところ、治療が必要なのは、わたしたちではなく、あなたのほうですわね。姫さま。この方を宮殿内にお連れして治療をしていただきましょう」

スフェーンの言葉に、オリヴィンがうなずく。

「それがいいわ。オリヴィン。お医者さまをお呼びして……」

ふいに、馬車の扉が開いて、オリヴィンの言葉は遮《さえぎ》られた。

「それには及ばぬ」

現れたのは、赤毛のひ弱そうな男だった。

びろうどのコートに、絹のスカーフ。金細工の指輪。どれも、一目で高価だとわかる贅沢《ぜいたく》なものだったが、どこか卑屈《ひくつ》な気配を漂わせているこの男には少しも似合わない。

「吾《われ》はセルペンス王弟エピドート。我が家臣の不始末は吾がかたをつける」

エピドートの手には剣が握られていた。金銀で彩られ、柄《つか》には血の色をした大きな宝石が埋められたたいそう豪華な剣だが、陽光に、きらり、ときらめく刃先は丹念に研ぎ澄まされ、それがただの装飾品でないことを物語っている。

御者が、ひぃ、と悲鳴を上げた。

スフェーンは驚きに目を瞠《みは》る。

（まさか、手討《てう》ちにするつもりなの？）

信じられなかった。

確かに、一歩まちがえば大惨事になるところではあったけれど、とりあえずことなきを得たのだから、もう少し、大目に見てもいいのではないだろうか。

第一、いきなり手討ちにするなんて、中世ならいざ知らず、今の時代に、そんな罰、野蛮過ぎる。

「おやめください！」

思わず、スフェーンは叫んでいた。

「ベルフト王国では正当な手続きを経たのちの決闘以外の殺人を禁じております。粗相《そそう》をした家臣に罰を与えたいとおっしゃるのであれば、どうぞ裁判を。裁判をして有罪となれば、罪に応じて刑が下りましょう」

だが、エピドートは、ちらり、とスフェーンを一瞥《いちべつ》して冷たい笑みを浮かべた。

「女。誰に向かって口を利《き》いている？」

「ここはベルフトでございます。たとえセルペンスの王弟殿下といえども、ベルフトにおいでになったからには、ベルフトの法に従っていただかなくては……」

「下賤《げせん》の分際で吾に口出しするか！」

スフェーンの鼻先に剣の切《き》っ先《さき》が向けられる。

「あっ」

スフェーンは、思わずあとずさった。

代わりに前に進み出て、怪我をした御者の前に立ちはだかったのはユークレースだった。

ユークレースの青い青い瞳には、抑えようのない憤怒《ふんぬ》が渦巻いている。

「誰だ？　おまえ？」

エピドートの瞳に禍々《まがまが》しい影が落ちた。

「邪魔をするなら、おまえも同罪だぞ」

見かねたアウィンが割って入る。

「その者は僕の家臣です」

「おまえは？」

「ドレイク王国のアウィンと申します。このようなことをなされば、ご家名に傷がつきます。どうぞ、この場はお収めください」

「おまえがドレイクの第一王子か……。青二才が分不相応《ぶんふそうおう》なことをほざくものだ」

エピドートは、鼻で笑って、それから、剣を振り上げる。

ユークレースは退かない。強いまなざしで、じっとエピドートを見つめている。

スフェーンはオリヴィンを視線で促《うなが》した。

オリヴィンはうなずいて、震える声を絞り出す。

「エピドートさま。もう、およしになって……」

エピドートのまなざしがオリヴィンに向いた。

「もしや、あなたがスフェーン姫か？」

「さようでございます」

「ほう。これは、可憐だ。我が妻に相応しい」

エピドートの無遠慮な手がオリヴィンの腕を掴もうとした。

スフェーンは、オリヴィンを抱き寄せ、その手から逃れる。

「許しも得ず姫に触れることはなりません」

「小間使い風情《ふぜい》が吾に指図するなと言っただろう」

「殿下は求婚者であって、姫の夫ではないということを、おわきまえいただかなくてはなりません」

「ちっ。興《きょう》がそがれた」

エピドートは、舌打ちをすると、剣を鞘《さや》に収めた。

濁ったようなまなざしでにらみつけられて、一瞬、たじろぎそうになったけれど、スフェーンは唇を噛み締めエピドートをにらみ返す。

「王弟殿下。その剣を宮殿内にはお持ち込みにならぬようお願い申し上げます」

「……なんだと？」

「宮殿内での帯剣《たいけん》は禁じられております。ベルフト国王陛下からも、そのようにお伝えしてあるはず。守っていただけないようであれば、陛下にもその旨《むね》を申し上げなくてはなりません」

こんな男の脅《おど》しに屈服《くっぷく》したくはなかった。

たとえ小間使いや御者であろうと、同じ人間なのだ。切られれば血が流れるし、心は傷つく。

それを生命《いのち》のない物のように扱うなんて、いくら王の弟だからって、許せない。

「生意気な小間使いだ。吾がスフェーン姫の夫となった暁にはどうなるか、今から覚悟しておくがいい」

エピドートは、おぞましい捨て台詞《ぜりふ》を残して、再び、馬車に乗り込んだ。

御者は、怪我の治療をすることも許されないまま、荷馬車の御者台に上り手綱を握る。

スフェーンは、二台の馬車が宮殿の中へ入っていくのを、苦々しい気持ちで見送った。

セルペンス王弟エピドート。

(なんてひどい男なのかしら)

乱暴で、傲慢《ごうまん》。人を人とも思わない。

(あの男とだけは結婚したくないわ)

◇◇◇

アウィンを宮殿まで案内し、侍従長《じじゅうちょう》に部屋へお連れするよう頼んでから、スフェーンはオリヴィンを伴って部屋に戻った。

今回は、アナトリの離宮に滞在する際に、いつも自分が使っている部屋ではなく、別の客室を使っている。ここのほうが居室が広く、客を迎えるのに都合がよいからだ。

今日は、続々と到着するはずの求婚者たちを、この部屋で迎える予定になっている。

パタン、と乾いた音を立ててドアが閉まり、ふたりっきりになった途端、オリヴィンが愛らしい眉を曇《くも》らせ、唇を尖《とが》らせる。

「なんなんでしょう！　あの方！　いくら粗相をしたからといって、家臣をいきなり手討ちにしようとするなんて、ひどい！　ひど過ぎます!!」

それも、離宮とはいえ、他国の宮殿の敷地の中でだ。他国の宮殿の庭園を血で穢《けが》すことも厭《いと》わないとは、あまりにも野蛮ではないか。

「あんな方のところに姫さまが嫁ぐなんて、あたしは、絶対にいやです！　断固反対です!!」

スフェーンは、笑って、オリヴィンのさわやかな緑の瞳をのぞき込む。

「わたしだって願い下げよ。エピドートさまとじゃ、しあわせな結婚生活は到底送れそうもないもの」

それどころか、エピドートの暴力におびえて、毎日びくびくして過ごさなければならなくなるだろう。

「王さまは、なぜ、あんな方を姫さまのお相手にお選びになったのでしょう？」

「まだ候補者よ。候補者」

「それにしたって、もっと姫さまに相応しい方はいくらでもいらっしゃるでしょうに」

オリヴィンの怒りはもっともだ。スフェーンだってそう思う。

だが、スフェーンはオリヴィンほど素直に怒りを露《あらわ》にすることはできない。スフェーンの心の大半を占《し》めているあきらめという感情が、それを邪魔している。

「仕方がないわ。あれでも、大国のやんごとない方ですもの。わたしとエピドートさまが結婚すれば、セルペンスとの友好に大変役立つはずよ。国のためにはなるわね」

「だからって、姫さまが犠牲《ぎせい》になるなんて、あたしは、そんなの、いやです……」

オリヴィンは今にも泣き出しそうな顔をしていた。

「あたしたち下々の者には国のことはわからないけれど、でも、姫さまの夫になられる方は、少なくとも、姫さまをたいせつにしてくださる方でなくては……」

かわいいオリヴィン。

素直で可憐で健《すこ》やかな心を持ったスフェーンの小間使い。

オリヴィンの思いがスフェーンの心にもやさしく染み渡る。あきらめに締めつけられて強張っていた胸が、ほんの少し解《ほぐ》れて、やわらかに癒《いや》されていくみたい。

「ありがとう。オリヴィン」

スフェーンはオリヴィンの手を取った。

「オリヴィンはいつもわたしのことを考えてくれているのね」

「姫さま……。あたしは……」

「オリヴィンがいてくれて、ほんとうに、よかったわ。それだけで、わたし、強くなれる気がするもの」

オリヴィンの緑の瞳から、ついに、ぽろり、と涙が落ちた。

「あたしのほうこそ、姫さまがいてくださるから、毎日がんばろうって思えるんです」

「オリヴィン……」

「姫さまには、誰よりもしあわせになっていただきたいんです。だって、あたし、姫さまのこと、大好きだから」

「わたしもオリヴィンが大好きよ」

スフェーンがそう言うと、ようやく、オリヴィンが笑った。

その眦《まなじり》をレースの手巾《ハンカチ》で拭《ふ》いてやりながら、スフェーンは少しおどけた調子で聞いてみる。

「エピドートさまは、まあ、ないわね」

「はい。絶対却下です」

「では、アウィンさまはどうかしら？」

「え？　アウィンさま？」

オリヴィンの頬が少し赤くなった。

「……アウィンさまは……、いい、かもしれません……」

「そう？　どのあたりが？」

「おやさしそうで……、誠実そうで……」

「うんうん」

「それに、笑ったお顔がすてきでした！」

そうだったかな？

確かに、あのそばかす顔でふんわり微笑まれると、なんとなく心が和《なご》む気はするけど。

「アウィンさまといえば、おつきの方もすてきな方でしたわね」

「おつきの方？」

というと、あの馬番か。

たしか、ユークレースとかいったか。

思い出して、スフェーンは、ぷっ、と噴き出す。

「すてき？　あれのどこが？」

「だって、馬番にしておくのはもったいないくらい端正なお顔立ちでいらっしゃいましたよ」

「確かに、顔はよかったわね。でも、顔だけよ。中身はすごーく失礼な男だったわ」

礼儀知らずで、優雅さのかけらもなくて、思い出すだけで忌々《いまいま》しい。

きっと、いつも馬ばかり相手にしていて、人間とのつきあい方を忘れてしまったのだ。

そうでないとしたら、あの顔のおかげでいつも女にちやほやされて、いい気になってるとか？

（どっちにしても最低ね！）

だけど……。

とてもきれいな青い青い瞳をしていた。

それに、スフェーンを抱き寄せた胸は広く、あたたかくて……。

（いやいやいや。だから、何を考えてるの？　わたし？？？）

どうも、今日は調子が狂いっぱなしだ。

主に、あの青い青い瞳をした男のせいで！

「でも……、どの方がお相手になるにしても、このまま、姫さまはお嫁にいってしまわれるのですね」

一瞬、ぱっと花が咲いたように明るくなったオリヴィンの表情が、また沈む。

「恋も知らないままお嫁にいかなくてはならないなんて、なんて、おいたわしい……」

仕方がない。それが王家に生まれた者の宿命だった。

「だから、代わりにオリヴィンがすてきな恋をして、わたしに話して聞かせて」

聞くところによると、オリヴィンの両親は大恋愛の末結ばれたらしい。

そのせいか、オリヴィンは恋にとてもあこがれている。いつか、自分も両親のように熱くて甘い恋をして、その人と結ばれるのだと、頑《かたく》なに信じている。

決して恋をすることのないスフェーンから見ると、そんなオリヴィンのことが、まぶしくてたまらない。

「でも……、姫さまを差し置いてあたしだけ恋をするなんて……」

「いいのよ。わたしも、オリヴィンにはしあわせになってもらいたいの。オリヴィンがしあわせなら、その分、わたしもしあわせになれるわ」

スフェーンは、にっこり、笑って、それから、両手を頬に当て、思案する。

「あーあ……。でも、恋、かぁ……」

恋って、どんなものなのだろう？

恋をすると、頭がカーッと熱くなったり、ぼうっとしたり、胸がドキドキしたりするっていうけれど、ほんとうに、そうなのかしら？

恋のためなら、何もかもを捨ててもいい。生命さえも惜しくない。そんな激しい感情って、いったい、どんなものなのだろう？

スフェーンは、お話やお芝居の中でしか、恋を知らない。

登場人物の心に寄り添うことはできても、自分の胸の中にもそのような感情が眠っているとは、とても思えなかった。

（でも、それでいいわ……）

だって、恋をしたところで、王女である自分がその人と結婚できる可能性は皆無《かいむ》だ。道ならぬ恋に苦しむくらいだったら、恋なんか知らないほうがいい。

「さて、と」

スフェーンは、勢いよくカウチから立ち上がり、背伸びをする。

「わたし、ちょっと、さっきの御者の様子を見てくるわ」

たぶん、エピドートは治療などさせてはいないだろう。必要なら、こちらでお医者さまの手配をしてやらなくてはならない。

「姫さまにそんなことはさせられません。あたしが……」

そう言って立ち上がりかけたオリヴィンの両肩を押さえ、スフェーンは再びカウチに座らせる。

「だめよ。今は、あなたが姫さま。もう、求婚者の方々もいらしているのよ。ちゃんとしないと、入れ替わっているのがバレてしまうわ」

「でも……」

「いいから、いいから。オリヴィンも慣れない格好をして疲れたでしょう？　少し休んでいなさい。これは命令よ」

まだ不満そうなオリヴィンを残して部屋のドアに向かう。

ここを一歩出たら、自分が小間使いのオリヴィンだ。

ふう、と一つ深呼吸をして、スフェーンは廊下に出る。

（わたしはオリヴィン。わたしはオリヴィン）

少し、ドキドキしていた。

アナトリの離宮には何度も来ていて、宮殿の内部はどこも見慣れているはず。

（なのに、なんだか、今日は知らないところに来たみたいだわ）

きょろきょろしたくなる気持ちを抑え、スフェーンはしずしずと厩舎《きゅうしゃ》に向かった。

厩舎は宮殿の袖部分に並ぶようにして建っている。

建物は大変立派で、知らない人が見たら、そこが厩舎だなんて思わないだろう。

なんでも、このアナトリの離宮を建てたご先祖さまは大変な馬好きだったそうで、この立派な厩舎に名馬を何頭も並べて自慢していたらしい。

現在のベルフト王であるスフェーンの父や兄たちはそれほどでもないので、往事《おうじ》に比べれば厩舎は随分閑散《かんさん》としている。

スフェーンは、ゆっくりと厩舎に歩み寄り、中をのぞき込んだ。

厩舎では、見覚えのある広い背中が、白馬の毛並みにブラシをかけている。

（あいつだわ）

アウィンの馬番のユークレース。

馬番というからには、馬の世話をするのが仕事なのだろうから、ここにいてもなんの不思議もないが、それにしたって、どうしてよりによってこの男なのだろう？

「ちょっと、あなた」

声をかけると、ユークレースがブラッシングの手を止めて振り返る。

その青い青い瞳に、にやり、と笑みが浮かんだ。

「なんだ。誰かと思ったら、失礼な小間使い殿か」

「失礼はどっちよ」

スフェーンはすかさず言い返す。

「最初にあなたが失礼なことを言うからでしょう？　わたしだって、礼儀正しい人には、正しい礼儀で返します。でも、そうでない人にまで礼儀正しくはできないわ」

「そういうところが失礼だっていうんだよ」

「なんですって？　自分は野蛮人のくせに」

「俺のことなんかなんにも知らないくせに勝手に決めつけるな」

「そっちこそ、わたしのことなんかなんにも知らないくせに勝手に決めつけているじゃないの」

言い合っていると、ふいに、白馬が不満げにいななき、その長い舌でユークレースの顔を、べろん、と一舐《な》めする。

それが、なんだか「いいかげんにしろ」と言ってるみたいで、スフェーンは思わず笑った。

「どうやら、馬のほうが賢いみたいね」

「なんだと？」

言い返そうとしたユークレースの顔を、白馬がまた舐める。

「こら。やめろ。おい。やめろってば。くすぐったいだろ」

容赦《ようしゃ》なくじゃれついてくる馬に悲鳴を上げるユークレースは、なんだか、妙にまぶしく見えた。

無邪気で、素直で、小さな男の子みたい。

意外だった。

(けっこう、かわいいところもあるのね)

オリヴィンが言うみたいに「すてき」とはとても思えないけれど、最悪だった印象を少しくらいは修正してあげてもいいかも。

自然にこみ上げてきた微笑みを、スフェーンは、そのままユークレースに向けた。

「さっきは助けてくれてありがとう」

憮然《ぶぜん》として、ユークレースが答える。

「礼なら、もう、聞いたぞ」

「あれはアウィンさまによ。今のはユークレースへのお礼」

そう言うと、ユークレースの青い青い瞳が、一瞬、見開かれ、それから、すっと細くなった。

「おまえって……」

「何よ？」

「ああ……。いや。それより、何か用か？」

問われて、ようやく思い出す。

「そうだったわ。あのセルペンスの御者の方を探しに来たの。もし、お怪我がひどいようなら、お医者さまを手配しなくちゃと思って」

ユークレースが吐き捨てるように言った。

「あいつなら暇《ひま》を出されたよ」

「はあ？　どういうこと？」

「使えない御者はいらないから出てけって、着の身着のままで追い出された」

「それ、ほんと？」

開いた口がふさがらないとはこのことだ。

祖国を離れたこんな遠い外国でいきなり解雇《かいこ》とは、なんと無慈悲《むじひ》な真似をする。

「で、どうなったの？」

「仕方がないんで、俺が馬で宿屋まで連れていった。ちゃんと医者も手配してもらったから安心しろ」

「国に帰るお金はあるのかしら」

「それも渡しておいたから問題ない」

ほっとすると同時に、いささか引っかかりを覚える。

「ユークレース。あなた、随分お金持ちなのね」

ここからセルペンスまで、歩くにしても、馬を借りるにしても、かなりの旅費が必要だ。加えて、治療費ともなれば、かなり高額になる。

それは、たかだか馬番に過ぎないユークレースが簡単に用意できる金額とも思えないが……。

「俺じゃないよ。金の出所は王子だから」

「なーんだ」

「見た感じ、出血は多かったけど、骨は折れてなさそうだったから、すぐによくなって出立《しゅったつ》できるだろう。王弟殿下と違って、国王陛下は道理のわかる方だと聞くし、さっさとセルペンスに帰って別の主《あるじ》を探せばいいさ。あんな主の下で我慢して働き続けるより、そのほうがよっぽどいい」

確かに、そうだ。ユークレースの言うとおり。

「ユークレースって、いろんなこと、よく知ってるのね。ただの馬番のくせに」

「馬番のくせには余計だろ」

「ねえ。ユークレースの目から見て、アウィンさまって、どんな方？」

ユークレースが片方の眉を軽く吊り上げた。

「なんだよ。いきなり」

「いいじゃない。答えてよ。たとえば、使用人には寛大な方？」

スフェーンがなおも問いつめると、ユークレースは少し困った顔をして考え込む。

「そうだな……。使用人に限らず、すべての人に寛大であろうと努力している方、かな」

「ほかには？」

「いずれは王になる身だということをわきまえ、常に、国と国民のことを考えている」

スフェーンは小さくため息をついた。

「真面目な方なのね……」

もちろん、真面目なのはいいことだ。だが、スフェーンがほんとうに知りたかったのは、そういうことではない気がする。

「アウィンさまは聡明《そうめい》で武勇《ぶゆう》に優れた方だと聞いているわ」

特に、剣と射撃の腕前は一級品で、ドレイク王国ではアウィンにかなう者はいないとまで噂《うわさ》されている。

「だから、もっと、猛々《たけだけ》しい感じの方なのかなと想像していたの。でも、実際にアウィンさまにお会いしてみたら、なんだか、とてもおやさしそうな方で、思っていたのとは随分違っていたから、ちょっと驚いたわ」

「……そう、かな……。そう、かもしれないな」

「女性にはどうなのかしら。妻をたいせつにする方だと思う？　ねえ。ユークレース。答えてよ。アウィンさまはスフェーン姫に相応しい方かしら？」

ユークレースが、ぽつり、とつぶやく。

「……そんなこと、俺に聞くなよ」

「どういうこと？」

「あ。いや。だから、おまえこそどうなんだよ。スフェーン姫はアウィン王子のいい嫁になりそうか？」

「え？　あー。うーん」

スフェーンは、自分がアウィンと寄り添っているところを想像してみた。

でも。

（なんか、違う）

確かに、アウィン王子はいい人そうだけど、結婚して、夫婦として一生寄り添っていく相手という感じは、悪いけど、ちっとも、しない。

案外、自分で結婚相手を選ぶということは難しいことなのかもしれない。

エピドートのような相手を否応《いやおう》なくあてがわれなかっただけでもマシだとは思うけれど、でも、自分のことなのに、ひどく現実感は乏しかった。

「ほら、な。おまえだって答えられないじゃないか」

「それは……、そう、だけど……」

「こういうのって、周りが口でどうこう言うよりも、お互い、少しずつわかり合っていくものなんじゃないのか。そのための顔合わせだろ」

ユークレースの言うことは正論だ。

だが、これには自分の将来がかかっている。必要以上に必死になるのは仕方ないことではないだろうか。

「まあな。百聞《ひゃくぶん》は一見に如《し》かずというし、俺だって、スフェーン姫とお会いしてみて、肖像画《しょうぞうが》を見て想像していたのとは違うなって思ったぞ」

それを聞いて、スフェーンは、ギクリ、とする。

父はアウィンに肖像画なんか送っていたのか。

(もしかして、バレてる？)

いや、そんなはずはない。所詮は絵だ。服装や髪型を似せれば、いくらでもごまかせるはず。

内心の動揺を押し隠し、スフェーンは笑顔を作ってユークレースに聞いた。

「実際にお会いしたスフェーン姫はどうだった？」

「そうだなぁ」

ユークレースが顎に手を当てて思案する。

「本人に会ってみたら、すごく感じがよくて安心した、ってところかな。スフェーン姫って、どういうの？　清楚《せいそ》で、可憐で、守ってあげたくなるような人？　だろ？」

「……」

「実を言うと、肖像画を見た時は、なんか、澄ましてるっていうか、妙にとっつきにくい雰囲気で、ちょっと不安だったんだよな」

(それは宮廷《きゅうてい》画家のせいよ！)

言ってやりたかったが、言えるはずもなかった。

だって、今の自分は、オリヴィンであって、スフェーンではない。

確かに、オリヴィンは、可憐で、清楚で、守ってあげたくなるようなかわいい乙女だけど、スフェーンだって、そう悪くはない。ないはず。

現に、今まで一度だって、とっつきにくいなんて言われたことはないのに!!　むしろ、みんな「愛らしい姫さま」って言ってくれるのに！！！！

「でも、肖像画って、概《おおむ》ね、本物よりも美人に描くだろ？　なのに、肖像画より本人のほうが、ずっと、ずっと、かわいいって、ありえなくないか？」

「そうね！」

「あ！　でも、一か所だけ、肖像画のほうが本人よりもいいところがあったな」

「えっ!?　ほんと!?」

突き落とされた気持ちが一気に浮上する。

「それって、どこ？　どこなの？」

期待たっぷりに聞いたスフェーンに、ユークレースはすごーくいい笑顔で答えてくれた。

「肖像画のほうが胸が大きかった！」

スフェーンはみるみる内に真っ赤になる。

言うにこと欠いて、胸？

乙女に向かって、なんて破廉恥《はれんち》な！！！！

「信じられない！」

スフェーンは、自身の胸を両腕で覆い隠すと、怒りと羞恥《しゅうち》で目元を赤く染め、ユークレースをにらみつける。

「いったい、どこを見てるのよ？　ユークレースのバカっっっ」

バカと罵《ののし》られたのが気に入らなかったのだろう。ユークレースは憮然とした表情になる。

「俺は絵の話をしてるんだ」

「……っ……」

「誰がおまえの胸なんか見るか」

理由はわからなかったが、その言葉にスフェーンの心はひどく傷ついた。

なんだか、自分のすべてを否定された心地《ここち》だ。

胸の中でもやもやと渦巻いていたものが、集まって、黒い塊《かたまり》になった。飲み込むこともできないほど大きく育ったそれは、行き場を失い、スフェーンの唇から勢いよく飛び出していく。

「あなたって、ほんと、最低な男ね。あなたに、エピドートさまのことをあれこれ言う資格はないわ」

「……オリヴィン……」

「あなたなんか、大っきらいっっっ」

そのまま踵《きびす》を返し、スフェーンは駆け出した。

ユークレースは、今、いったい、どんな顔をしているのだろう？

気にはなったが、振り向いて確かめる勇気はなかった。

口ぶりからして、どうやら、ユークレースは、スフェーンとオリヴィンが入れ替わっていることには気づいていないようだ。

もし、気づいていたら、スフェーンに対してあんな失礼な物言いはするまい。

そのことには安堵《あんど》したけれど、でも……。

(何よ。あの男。いくら知らないからって、失礼なことばっかり)

あんな男にちょっとだけでも気を許した自分が馬鹿だった。

やっぱり、ユークレースは最低な男。

(あんな男、絶対に、すてきなんかじゃないわ！)

怒りのまま、肩をそびやかせ、部屋に戻ったスフェーンは、いつもと同じ調子で部屋のドアを開けた。

あまりにも腹が立っていたので、オリヴィンと入れ替わっていることを忘れていたのだ。

勢いよくドアが開いた瞬間、スフェーンは呆然として立ち尽くす。

「え……？」

一瞬、何が起こったのかわからなかった。

部屋じゅうを隙間もないほどに埋め尽くす、花、花、花。

それも、珍しい南国の花だ。甘く官能的な香りをあたりいっぱいに漂《ただよ》わせ、部屋の中は、もう、むせかえるほど。

「これ……、蘭、よね……？」

わけもわからないまま、あたりを見回しながら、スフェーンはつぶやいた。

「いったい、どうしたの……？」

スフェーンが御者の様子を見に厩舎へ行ってから、さほど時間がたっているわけではない。

その短い時間の間に、何が起きたというのだろう？

「パイロープさまですわ」

居心地《いごこち》悪そうに、オリヴィンが答える。

実際、今オリヴィンがいる長椅子《ながいす》とテーブルの周囲以外はすべて花で埋め尽くされているので、居場所もないのだ。

スフェーンは、行儀悪く後ろ手でドアを閉め、それから、林立《りんりつ》する蘭の花の隙間を縫うようにしてオリヴィンのそばまで歩み寄る。

オリヴィンは、小さく肩をすぼめながら、おずおずと言った。

「姫さまが厩舎においでになるのと入れ違いに、求婚者のおひとりであるパイロープさまがお着きになったと報《しら》せがあったのです。その際、姫さまにお花をお送りしたいとおっしゃっているとのことだったので、では、お部屋に運んでくださいとお答えしたら、こんなことに……」

スフェーンは大きくため息をつく。

「そういうことだったのね。あー、びっくりした」

「姫さま。申し訳ありません。せいぜい、小さな花束だろうと思っていたのです。まさか、こんなにたくさんお送りになるのだとは思いもよらず……」

「オリヴィンのせいじゃないわ。誰だって、こんなの、思いもよらないわよ」

パイロープは南国アロゴの裕福な商人だ。

アロゴ原産のこの蘭は、アロゴの数少ない輸出品目の一つで、蕾の内に摘み取られ、アロゴから、はるばる船旅で運ばれてきたものなのだろう。ここベルフトで開花を迎えるようしっかりと管理された花たちは、今を盛りと咲き乱れていた。

スフェーンは、ひときわ大輪の花を両手で包み、顔を近づける。

「量はともかく、お花をいただくのはうれしいことよ」

華麗《かれい》で妖艶《ようえん》な蘭からは、姿形の通りの香りが立ち上った。

「少なくとも、パイロープさまは気の利かない男ではなさそうね」

エピドートがあまりにもハズレだったせいか、ほかの求婚者たちに対して、警戒する気持ちが少し強くなっていたが、でも、そんなに心配することはないのかも。

だいたい、エピドートのように規格外にひどい男が、そうそういるはずがないではないか。

「それで、パイロープさまとは、もう、お会いしたの？」

「いいえ。のちほど、改めて、ご挨拶《あいさつ》においでになるそうです」

オリヴィンが答えた途端、ノックの音が聞こえてきた。

スフェーンとオリヴィンは顔を見合わせる。

「噂をすれば影、ですわね」

「ほんとうね」

そうして、ふたりしてくすくす笑ったあと、居住まいを正し、オリヴィンが「どうぞ」と言うと、ほどなくして、ドアが開かれ、褐色の肌の男が入ってくる。

黒い瞳。幾重に巻きつけられたターバンの下の髪も漆黒だ。南国ふうのゆったりしたローブの肩を止めているいかにも高価そうなカメオのブローチには、アロゴの紋章である馬の精緻《せいち》なレリーフが施されている。

「スフェーン姫さま。お初におめもじつかまつります。私はアロゴのパイロープ。どうぞ、お見知りおきを」

パイロープは、スフェーンのふりをしたオリヴィンの前に立ち尽くすと、両手を胸に当て、深々とお辞儀をした。少し風変わりに見えるその挨拶も南国のものだった。

「ようこそおいでくださいました。パイロープさま」

ややぎこちないながらも、オリヴィンが笑顔で挨拶を返す。

南国アロゴは、東方との、絹や更紗《さらさ》、茶、香辛料、香料などの貿易で栄えている商人の国だ。パイロープは、その中でも最も裕福な商人の家系の出身だと聞いている。

アロゴでは、より金を持つ者がより権力を持つという話だから、おそらく、王家にも等しい家柄なのだろう。

三十を少し過ぎているということだが、その年齢の割には、褐色の肌は若々しく張りつめ、背中を覆う黒髪はふさふさと波打っている。特に、まなざしは力強く、好奇心いっぱいの子供のように輝いていた。

（まあまあ男前、ってところかしら？？？）

アウィンやユークレースほどではないにしろ充分長身だし、商人らしいやわらかな物腰は悪くない。とりあえず、第一印象は合格点を出してもいいかも。

小間使いらしくオリヴィンの傍らに控えたまま、スフェーンがさりげなくパイロープを値踏みしていると、オリヴィンがおずおずと口を開く。

「あの……、パイロープさま。お花を……、ありがとうございます……」

「お気に召していただけましたか？」

「え、ええ……。その……、思いもよらないことでしたので、驚きました。とても」

「では、ほかの求婚者の方たちは？　贈り物はなさっていないのですか？」

「パイロープさまだけですわ」

ふいに、オリヴィンとパイロープの距離が一気に縮まった。パイロープがオリヴィンににじり寄ったのだ。

「嘆かわしい。女性に花一つ贈らぬとは不心得者ばかりですね」

「そ、そのようなことは……」

オリヴィンがあとずさる。そうすると、パイロープが、すかさず、できた距離を詰める。

そんなことが何度か取り返されている内に、オリヴィンのローブの裾《すそ》が蘭に触れた。

これ以上は後ろに下がれない。下がれば蘭の花を傷つけてしまう。やさしいオリヴィンには、蘭を犠牲にしてまでパイロープから逃げることはできないだろう。

オリヴィンを追いつめたことに満足したのか、パイロープは余裕たっぷりの笑みを浮かべながら、傍らから蘭の花を一輪手に取る。

「スフェーン姫はご存じですか？　この花一輪で腕利きの水夫を丸々一月雇うことができるのですよ」

「……あ、あの……」

「要するに、この部屋にある花の分だけで、大規模船団の給料を賄《まかな》えるということですね」

目を白黒させるオリヴィンの髪に、パイロープが手にしていた蘭の花を挿《さ》した。

「美しい……」

パイロープの熱い熱いまなざしがオリヴィンのさわやかな緑の瞳に注《そそ》がれる。

「スフェーン姫は、何よりもその緑色の瞳が魅力的な女性だと聞いていましたが、なるほど、美しい瞳だ」

「はい……、いえ……、あの……」

「この花は私の気持ちです。スフェーン姫には大規模船団以上の価値がある」

オリヴィンの耳元で甘くささやくパイロープの褐色の顔に浮かんでいるのは、自信満々の笑み。

それを見た瞬間、スフェーンの胸には、なんとも言い難《がた》い吐き気のようなものがこみ上げてきた。

パイロープがこのように贅沢な花を大量に贈りつけてきたのは、スフェーンへの儀礼のためではない。ましてや、スフェーンに喜んでもらいたいなどというやさしい気持ちなどかけらもないのだと気づいてしまったからだ。

パイロープは、自分にはこれだけの金と力があるんだぞということを誇示《こじ》したかっただけ。

(なんだか、喜んで損した気分だわ)

高価な花でなくてよいのだ。たった一輪でもかまわない。

それが、スフェーンを思って贈られたものであったのならよかったのに。

「あ、あの……、パイロープさま。少し、お離れになって……」

ついに、耐えられなくなったのか、オリヴィンが、小さな悲鳴を上げ、顔を真っ赤にした。

「どうして？　私のような男はきらいですか？」

「いえ……、あの……、そういうわけでは……」

「ならば、よいではありませんか。私は、スフェーン姫に、もっと、私を知っていただきたい。そして、私を選んでいただきたい」

オリヴィンがすっかりすくみ上がっているのをいいことに、パイロープは大人の色気でぐいぐい迫り続ける。

スフェーンはあわてた。

(なんて、手の早い男なのかしら！)

パイロープは、今にも、オリヴィンを抱き寄せ、キスの一つもしてやろうかという勢いだ。うぶなオリヴィンには、パイロープをうまくはぐらかす術《すべ》などあろうはずもない。このままでは、なし崩し的に、パイロープに押し切られてしまいそう。

まずい。これは非常にまずい状況だ。

スフェーンは急いで声を上げた。

「ひ、姫さまっ。お、お茶の用意はいかがいたしましょうかっっっ」

パイロープが、ちらり、とスフェーンに視線を向けた。

最初は、いかにも「邪魔しやがって」と言いたげだった黒い瞳が、スフェーンを認めた瞬間、にやり、と笑み崩れる。

ついでに、意味ありげなウィンクまでされて、思わず、背筋に、ぞわっ、と悪寒《おかん》が走った。

(今の何⁉)

なんだか、すごーくいやな予感がする。

スフェーンが震え上がっている内に、呪縛《じゅばく》から解かれたのか、オリヴィンは、すすす、と横に逃れ、強張《こわば》った頰になんとか微笑みを浮かべた。

「パイロープさま。長旅でお疲れでしょう。どうぞ、おかけになって」

「では、失礼を」

パイロープがおとなしく椅子にかけたのを確認してから、スフェーンは別の小間使いにお茶を運んでくるよう依頼する。

性懲《しょうこ》りもなく、パイロープは、テーブルに身を乗り出すようにして、オリヴィンに熱いまなざしを向けていた。

オリヴィンの頬は引きつり、腰は完全に引けている。

(ごめんなさい。オリヴィン)

スフェーンは、心の中で、オリヴィンに謝罪した。もしも、オリヴィンと入れ替わっていなかったら、この容赦ないまなざし攻撃を受けるのは自分だったはずだ。

「あ、あの……、パイロープさま?」

「なんでしょう?　スフェーンさま?」

「パイロープさまは、なぜ、わたしを妻にとお望みになったのでしょうか?」

いかにも気後《きおく》れした様子でオリヴィンが口にしたのは、すべての求婚者に聞いてみようと、ふたりで事前に打ち合わせていた質問だった。

パイロープが即答する。

「それは、もちろん、スフェーン姫の美しさに惹かれたからですよ」

笑ってしまうほど想定どおりの答えだった。

オリヴィンが、やはり、事前に打ち合わせていたとおりの答えを返す。

「……でも、わたしたち、初対面ですわ」

「一目で恋に落ちることは、決して、まれなことではありませんよ」

「では、ここでお会いして、わたしがパイロープさまが想像していらしたのよりも美しくなかったら、パイロープさまは、求婚を取り下げ、お帰りになるつもりでいらしたの？」

虚をつかれたのか、一瞬、パイロープは言葉に詰まったが、すぐに、その褐色の顔に色気たっぷりの笑みを浮かべる。

「スフェーン姫。私は商人ですよ」

「存じていますわ」

「商人というのは、損な取引はしないものです。特に、アロゴでは少ない投資でいかに多額の利益を得ることができるかで男の価値が決まる。でも、それは女性の前でする話ではない」

今度はオリヴィンが黙る番だった。

スフェーンがはらはらして見守っていると、パイロープが立ち上がる。

「ご挨拶だけのつもりだったのに、長居をしてしまいました。そろそろおいとまいたしましょう」

立ち上がることもできずにいるオリヴィンに代わり、スフェーンが退室するパイロープを見送ろうとすると、パイロープは、ふと、扉の前で足を止め、スフェーンに視線を向けた。

「君。よくも、さっきは邪魔してくれたね」

「……い、いえ……、わたしは、そのような……」

「いいんだよ。君の気持ちはわかっている」

わけがわからず言い返すこともできずにいるスフェーンの耳元に、パイロープがそっとささやく。

「隠さなくてもいい。スフェーン姫ではなく、自分のほうを見てほしくて、あんなことをしたんだろう？」

「……」

「かわいい子だね。そうまでして私の気を引きたかったのかい？」

「……」

「いいんだよ。今夜、私のベッドを訪ねてきても」

唖然として立ちすくむスフェーンをよそに、パイロープは悠々と部屋を出て行く。

驚きのあまり、あれこれ考えることさえ拒否していた頭がようやく回り始めたのは、長い長い廊下を去っていくパイロープの足音もすっかり聞こえなくなったころ。

要するに、アレだ。

スフェーンがオリヴィンに迫るパイロープの邪魔をしたのは、パイロープに口説かれているオリヴィンに嫉妬《しっと》したからだとパイロープは言いたいわけだ。

じわじわと怒りがこみ上げてくる。

（うぬぼれてるんじゃないわよっっっ）

ちょっと見た目がよくて、ちょっとお金を持っているからって、すべての女がパイロープになびくと思ったら大まちがいだ。

おまけに、求婚している相手の小間使いを、その目の前で堂々と口説く無節操さ。

（だめだ、これは……）

スフェーンは、がっくりと肩を落としたまま、いまだ長椅子から立ち上がれずにいるらしいオリヴィンの髪から蘭の花を抜き取る。

「さすが商人というか、なんだか抜け目なさそうな方でしたわね」

オリヴィンが深い深いため息をついた。

「それに、あまりにも情熱的でいらして、ちょっとびっくりしてしまいました」

「ああいうのは情熱的とは言わないのよ。面《つら》の皮が厚いと言うの」

そう吐き捨てて、スフェーンは肩をすくめる。

「あの男が、別れ際にわたしになんて耳打ちしたか知ってる？」

口に出すのも忌々しい台詞をオリヴィンにも聞かせてやると、オリヴィンは両手で頬を押さえ真っ青になった。

「信じられません！　何かささやいていらっしゃるのはわかりましたが、まさか、そんな不埒《ふらち》なことをおっしゃっていたなんて！」

「オリヴィンには申し訳なかったけれど、やっぱり、入れ替わって正解だったわ。パイロープさまがどんな方か肌で知ることができたもの」

いまだに、全身、鳥肌だ。背中はぞわぞわするし、首の後ろのあたりが、妙にかゆい。

国王である父がパイロープをスフェーンの求婚者として選んだのは、おそらく、パイロープの財力を評価してのことだろう。

さらに、商人の国であるアロゴとの友好が深まれば、互いの貿易はいっそう盛んになり、ベルフト王国にも東方からの珍しい品々が豊富に流通するようになるに違いない。

自分の結婚がこの国の役に立つのはうれしいけれど、でも、結婚したところで、パイロープの女好きが治まるとは思えなかった。たび重なる浮気に悩まされることになるのは目に見えている。

思わず、深い深いため息をついていると、オリヴィンが心配そうにこちらを見ているのに気づいた。

その緑の瞳のさわやかさに、気持ちが、ふんわり、やわらぐ。

スフェーンは、これ以上オリヴィンを心配させないよう、なんとか微笑みを作って、オリヴィンの手を取った。

「ごめんなさい。オリヴィン。オリヴィンにもいやな思いをさせちゃったわね」

「もったいのうございます。姫さま。あたし平気ですから」

「さて……、この花、どうしよう？」

あまりの量に、再びため息が出る。

「とりあえず、ここにこんなにあっても困るだけだし、運び出して、広間にでも飾ってもらおうかしら」

「それがようございますわ」

「あの無節操男には腹が立つけど、花には罪はないものね」

すぐに、侍従長を呼び、その旨を伝えると、スフェーンは作業の邪魔にならないようオリヴィンを伴って部屋を出た。

向かったのは、離宮の裏にある小高い丘だ。

丘の小道は、今の季節、色とりどりの花が咲き乱れ、丘の上の四阿《あずまや》から見る景色は美しく、吹く風は心地よい。パイロープの毒気に当てられて、いまだにくらくらする頭をすっきりさせるのに、これほどよい場所もないだろう。

愛らしいデイジーやカミツレを愛《め》でながら、のんびり丘の小道を上り、ようやく、てっぺんの四阿に着いたと思ったら、麓《ふもと》から侍従長がこちらに上ってくるのが見えた。

「あら。もう片づいたのかしら」

「随分早うございましたわね」

だが、追いついてきた侍従長が告げたのは、それとは別のことだった。

「姫さま。ラリマールさまがご到着になりました。姫さまにご挨拶をとおっしゃっています」

侍従長も、もちろん、スフェーンとオリヴィンが入れ替わっていることは知っている。

当然のようにいい顔はされなかったが、結局は、「自分の目で求婚者たちの真の姿を見極めたい」というスフェーンのわがままを受け入れてくれた。

わかっている。これは、自分のわがままなのだ。オリヴィンを始め、みんなに迷惑をかけて申し訳ないという気持ちはあるけれど、でも、この先の自分の人生がかかっているのだと思うと、何かせずにはいられなかった。

「花は片づきましたか？」

スフェーンが聞くと、侍従長の慇懃《いんぎん》極まりない声が返ってくる。

「まだ作業中でございます」

「では、こちらにご案内して。ここでお会いしましょう」

オリヴィンを見ると、オリヴィンも小さくうなずいた。

すぐに、丘を下りていった侍従長が堂々たる体躯《たいく》の長身の男を伴って再び丘を上ってくる。

背筋が、ピン、と伸びているのが、丘の上からでもはっきりとわかった
（あれが自由都市ピスキスの初代市長ラリマールさま……）

アウィン、エピドート、パイロープに続く、四人目の求婚者。

ラリマールは、四阿までやってくると、余裕たっぷりな態度で胸に手を当て、スフェーンの

ふりをしたオリヴィンをじっと見つめて言った。

「スフェーンさま。ラリマールと申します。どうぞお見知りおきを」

灰色の瞳。一分の乱れもないほどぴっちりと撫でつけた砂色の髪。肩を覆う、いささか前時代的なマントには、ピスキスの象徴である魚の絵が縫い取られていた。

スフェーンのすぐ隣で、オリヴィンが、ふわり、と微笑みを浮かべる。

「スフェーンでございます。ピスキスの英雄をお迎えできるなんて光栄ですわ」

ピスキスは美しい海に浮かぶたくさんの島々から成り立っている海洋国家だ。

以前は、その島一つ一つに小国家があり、何かと紛争《ふんそう》が絶えない地域だったが、それを、武器ではなく力強い弁舌《べんぜつ》でもって自由都市として統一に導いたのが、このラリマールである。

ラリマールは、建国後、当然のように市長となり、初代市長として歴史にその名を刻んだ。

新しい国ピスキスは、いまだ、安定したとは言い難いが、そのせいもあって、国民がラリマールに寄せる信頼と期待は大きい。

「私のほうこそ、スフェーン姫にお会いできて光栄です」

ラリマールは、そう言って、オリヴィンが差し出した手を取り、その甲に恭《うやうや》しくキスを落とした。

「噂どおり、大変お美しい」

熱のこもらない口調からは、これって、たぶん、社交辞令なんだろうなぁ、というのがありありと伝わってくる。

あるいは、この人はスフェーンに対してあまり関心がないのかもしれない。近い将来、自分の妻になるかもしれない女なのに。

（男の人って、そんなものなの？）

多くの乙女がそうであるように、生涯添い遂げることになるであろう相手のことを考えてドキドキしたりしないものなのかしら？？？

それっきり会話が途切れ、気がつけば、ラリマールとオリヴィンの間にはいささか気まずい雰囲気が漂っていた。

どうやら、オリヴィンはひどく緊張しているようだ。

パイロープは放っておいても自分からぐいぐい迫ってくるような男だったから会話に困るようなことはなかったが、ラリマールを相手にどう話しかけていいのかわからないのだろう。

オリヴィンの緊張を察したのか、ラリマールのほうから、オリヴィンを椅子に誘った。

「おかけになってはいかがです？」

「ええ」

とオリヴィンは、少し、ほっとしたような顔になる。

「どうぞ、ラリマールさまもおかけになって」

「喜んで、そうさせていただきます」

その挨拶はいささか堅苦しかったが、落ち着いたまなざしには好感が持てた。

それに、こちらが困っていることに気づいて、すぐに、ちゃんとリードしてくれるところは悪くない。

(なんというか、頼りがいのある男って感じ?)

おそらく、わずかなやりとりの間に、スフェーン姫は――実は、それはオリヴィンなのだが――どちらかといえば内気であると判断したのだろう。腰を落ち着けると、すかさず、ラリマールのほうから質問してきた。

「スフェーン姫は船にお乗りになったことは?」

オリヴィンが小さく首を横に振ってラリマールに答える。

「いいえ。ございませんわ」

「船はよいものですよ。空の青さ。波のきらめき。そして、海風の心地よいことといったら」

「まあ……。そうなのですね……。想像もつきませんわ……」

「是非、我がピスキスにお越しください。もちろん、このベルフト王国も美しい国です。だが、我が国には、ベルフトとはまた違った魅力がある。想像以上のものがご覧になれますよ」

ラリマールは、余裕のある態度を崩さず、自信たっぷりにそう言った。

さすがは、その口一つでピスキスを建国に導いた男。弁舌はさわやかで、言葉にも説得力がある。

年齢は、たしか、そろそろ四十代にさしかかるくらいだったはず。

スフェーンとはいささか年が離れているが、自分のお祖父ちゃんのような年齢の相手と結婚する姫君たちも少なくないことを考えたら、そんなに悪いほうでもないだろう。

背も高いし、態度は余裕があって堂々としているし、顔は少しいかついけれど二度と見たくないほど不細工ってわけでもない。

何より、自由都市ピスキスの建国に大いに尽力《じんりょく》したという実績は高評価に値した。

結婚するなら、当然のことながら、ひとりではなんにもできないボンクラよりは、できる男のほうがいいに決まってる。

(まあ、悪くはない、わよね)

少なくとも、エピドートよりははるかにマシだ。たぶん……。

(自由都市ピスキスの初代市長の妻か……)

スフェーンは、そうなった自分を思い描こうとして果たせず、途方に暮れる。

ラリマールは、パイロープとは違って、身持ちの堅い男だという噂だ。

この年齢まで独り身《ひとりみ》でいたのも、国のことを第一に考えていたからであって、決して、多くの女性と浮名《うきな》を流していたからではない。

それがほんとうなら、まあ、この男でもいいか、とも思う。

元々、愛があって結婚するわけではないので、自分に愛情がないのはある程度仕方がないことだが、浮気性の男と結婚するとあといろいろ面倒なことになるのは想像に難《かた》くなかった。別の女性に産ませた子供がいきなり現れて、スフェーンが産んだ子供との家督《かとく》争いが勃発《ぼっぱつ》、なんて、目も当てられない。

(でも、わたし、この男の子を産むのかしら?)

結婚するということは、つまり、そういうことだ。

想像はしてみたけれど、自分のこととはとても思えない。

スフェーンが亡羊《ぼうよう》とした思いに囚われている内に、オリヴィンとラリマールの間では会話が弾んでいた。

主に、ラリマールが話し、オリヴィンが聞き役のようだ。

今は、ピスキスに生息する珍しい海洋生物の話を、ラリマールが身振り手振りを加えてオリヴィンに熱く語っている。

「その生き物は、驚くほど巨大で、大型帆船ほどもあります」

「まあ……」

「おまけに、魚に似ていますが、魚ではないのです」

「不思議ですわね」

「スフェーン姫は、魚と動物の違いをご存じですか? 魚は……」

オリヴィンは辛抱《しんぼう》強く相手をしているようだが、スフェーンはちょっと面倒くさいなと思った。

　自分の言いたいことだけをひたすらしゃべり続けて、こちらの話を聞かない人との会話は、けっこう疲れるものだ。

　この男と結婚したら、これも我慢しなければならないことになるのだろう。

（でも、エピドートよりはマシ。エピドートよりはマシ）

　何かの呪文のように自分に言い聞かせていると、ふいに、ラリマールが、傍らから分厚《ぶあつ》い書類を取り出して、テーブルの上に、ドン、ドン、ドン、と置く。

　お茶や他愛のないおしゃべりを楽しむための四阿の調度は、皆、小さく華奢《きゃしゃ》だった。

　猫足の優雅なティーテーブルの上は、今や、パイロープが取り出した書類で埋め尽くされ、小さなティーカップ一つ置く隙間もない。

「あの……、これは……」

　戸惑いながらオリヴィンがおずおずとそう問うと、ラリマールは、ひどく真面目くさった顔で言った。

「こちらは、私とスフェーン姫の結婚に際しての計画書です」

「……計画書……」

「私とスフェーン姫との結婚が成った暁には、ピスキス及びベルフト王国にどれほどメリットがあるか詳細を記《しる》しております」

「はあ……」

「こちらには、スフェーン姫にピスキスにお越しいただいたのちのことをまとめてあります。スフェーン姫と私の婚姻《こんいん》生活がこのあと四十年続くと仮定して予算を組みました。スフェーン姫のお使いいただける年間予算はこちらになります。どうぞご確認ください」

お茶の用意をするふりをして、スフェーンがのぞき見をすると、その書類はうんざりするほど細かい字でびっしり埋め尽くされていた。

添えられていた表は、衣装代、化粧代、実家への贈り物、石鹸《せっけん》、蝋燭《ろうそく》、お茶代、お菓子代など、細かい項目に分けられ、それぞれ一スーの単位まで予算が振り分けられている。

スフェーンは唖然とした。

(何、これ?)

これが結婚生活だというのなら、なんて味気ない。

何も言えずにいるオリヴィンに鷹揚《おうよう》に微笑みかけると、ラリマールはわずかな迷いもないはっきりとした声で言った。

「結婚は契約です。最初に、こうした取り決めをしておくのは、大変重要なことなのです」

そうだけど、それは、確かに、とてもたいせつなことだけど。

(これじゃ、ロマンのかけらもないじゃないの!)

「姫さまがお使いになる予算は、すべて、市民からの税金で賄われることになるのです。私には、それを市民に説明する義務があります」

淡々と告げるラリマールに、オリヴィンは、どこか悲しげな声で聞いた。

「ラリマールさまは、なぜ、わたしを妻にとお望みになったのでしょう？」

ラリマールの回答はゆるぎない。

「もちろん、ピスキスとベルフトの友好のためです」

「……」

「ベルフト国王の支援を受けられれば、我がピスキスの益々の発展は約束されたも同然です。そして、それは、我らピスキスだけの望みではないはず」

ラリマールの言いたいことはわかる。

ピスキス周辺での紛争はベルフト王国にも多大な影響を及ぼしてきた。

ピスキス周辺の海路が絶たれ、物流が滞《とどこお》った。ピスキスからの難民が国境を越えて大量に流れ込んできて騒動になったこともある。

長く続いた戦いは周辺国の経済をも不安定にするのだ。一刻も早く、紛争が収まることを望んでいたのは、何も、ピスキス市民ばかりではあるまい。

おそらく、父がスフェーンの結婚相手にラリマールを選んだのは、それが理由なのだろう。

ラリマールの言うことはまちがってはいない。国王の娘の結婚とは、そういうものだ。

でも……。

「おおっ。もう、こんな時間ではないか！」

ふいに、ラリマールが声を上げ立ち上がった。

「スフェーン姫。お名残惜しいが、私は、もう、行かなくてはなりません。仕事が私を待っているのです」

「仕事？　あの、ピスキスにお帰りになるということですか？」

「スフェーン姫がそのようなご冗談がお上手な方だとは存じ上げませんでした」

それこそ冗談なのかと思ったが、ラリマールは真顔だった。

「こちらに滞在している間は、伝令を使ってピスキスと連絡を取れるよう準備を整えております。私は自由都市ピスキスの市長なのですよ。離れていても、祖国のことを考えていますし、また、祖国も私を必要としているのです」

それは、天晴《あっぱ》れな心がけだが……。

「では」

ラリマールは、にこり、ともせず、来た時同様、堂々と去っていった。

スフェーンとオリヴィンは、しばしの間、その後ろ姿を見送っていたが、やがて、互いに目を見交わし、そろって、はあ～、と大きくため息をつく。

「……なんだか疲れたわね……」

スフェーンがそう言うと、オリヴィンもうなずいた。

「……ですわね……」

「少なくとも、パイロープさまよりはちゃんとした方だということは理解できたけど、ラリマールさまとの結婚生活にはひとかけらのロマンも期待できそうにないということも、よーく理解できたわ」

オリヴィンの表情が暗く翳《かげ》る。

「あたしには、パイロープさまも、ラリマールさまも、姫さまに相応しい方だとは思えません」

「オリヴィン……」

「もっと、もっと、姫さまをたいせつにしてくださる方でなければ……。これでは、姫さまがあまりにもおかわいそう……」

涙ぐむオリヴィンの肩を抱き、慰めていると、ラリマールが帰っていったのとは反対側の丘の小道を誰かが上ってくるのが見えた。

熟れた小麦のような金髪と、輝く黄金の髪。

アウィンとユークレースだ。

オリヴィンが手を振ると、すぐに、アウィンも手を振り返して四阿までやってくる。

「ここはとても眺めがよいところですね」

大国の王子だというのに、アウィンには、気取ったところや、威張ったところはない。むしろ素朴《そぼく》ともいえるその笑顔にはオリヴィンもほっとするのだろう。強張っていたさわやかな緑の瞳には可憐な微笑みが戻っている。

「アナトリの森はほんとうに美しい。あ。あんなところに、泉まであるのですね」

「ええ。森の外からは見えませんが、とても美しいところですわ。それに、鱒《ます》釣りもできますのよ」

「鱒釣り！」

「アウィンさまは釣りをなさるの？　よろしければ、ご案内いたしましょうか？」

「ええ。是非！　釣りは大好きなんです。ユークレースとよく行くのですよ」

その言葉に、スフェーンが、ちらり、とユークレースに視線を向けると、ユークレースの青い青い瞳もスフェーンを見ていた。

一気に頬がカッと熱くなり、あわてて視線をそらす。

ユークレースのあの青い青い瞳を見ると、なんとなく落ち着かない気分になるのは、なぜなんだろう？

(きっと、あいつが失礼なヤツだからよ)

野蛮だし、乱暴だし、おまけに、いやらしい目でスフェーンを見た！！！！

スフェーンが、そっぽを向いたまま、心の中でぶつぶつやっていると、別の小間使いたちが数人がかりでお茶のセットを運んでくる。

おそらく、ラリマールをここに案内したあと、侍従長がラリマールのために用意するよう指示したのだろうが、ラリマールはお茶を飲む時間も惜しいように帰ってしまったので、このままでは無駄になりそうだ。

どうしたものかと困っているオリヴィンに近寄り、スフェーンはそっと耳打ちした。

「アウィンさまをお茶にお誘いになっては？」

「そ、そうね……」

オリヴィンは、がくがくとうなずいて、アウィンにおずおずと視線を向ける。

「あの……、アウィンさま。お茶でもいかが？」

「僕などが同席してもよいのでしょうか？」

「アウィンさまさえよろしければ、是非……」

恥ずかしそうに頬を染めるオリヴィンは、スフェーンでさえドキドキしてしまいそうなほどに愛らしかった。

アウィンも、そばかすの浮いた頬を真っ赤に染め、ぎくしゃくとした動きで、オリヴィンの正面に腰を下ろす。

女性に慣れていないのが一目でわかる態度だった。

アウィンは、今回の求婚者の中では一番年若く、スフェーンとも年齢が近い。ほかの求婚者たちに比べて経験が少ないのは当然かもしれないが、でも、大国ドレイクの第一王子がこんなにうぶだったなんて、ちょっと意外だ。

国では、いつも、きれいな女性たちに取り囲まれてちやほやされているのではないのだろうか？　噂では、アウィン王子がスフェーン姫に求婚したことを、ドレイク王国の若い娘たちは、皆、ひどく嘆いていると聞いたのに。

（とはいえ、これはこれでかわいい、かもね）

そんなことを考えながら、スフェーンは、ティーポットを取り上げ、ティーカップにお茶を注ごうとした。

お茶を運んできた小間使いたちは、自分たちの仕事を終え、帰ってしまったので、そこから先はスフェーンの仕事なのだ。

だが、しかし……。

「あっ……。熱っ……」

勢いよく飛び出したお茶が、カップの中で飛び跳ね、スフェーンの手の甲にも飛び散る。

辛うじて、ポットやカップを落とすことだけは避けられたものの、弾みで、ソーサーやティーカップか派手にぶつかり合って、耳障《みみざわ》りな音を立てた。

「ひ……」

たぶん、『姫さま』と言おうとしたのだろう。すんでのところで、オリヴィンが、声を飲み込み、急いで立ち上がってスフェーンのそばに足早に歩み寄る。

「火傷《やけど》はありませんか？」

「……はい。大丈夫です。姫さま……」

「お貸しなさい。わたしがやりましょう」

オリヴィンは、スフェーンの手からポットを奪い取ると、手馴れた仕草でお茶を注ぎ、スプーンとティーカップをソーサーの上に美しくセットし直して、アウィンの前に置いた。

「申し訳ありません。アウィンさま。この者は、小間使いに上がってまだ間がないのです。どうぞ大目に見てやってくださいませ」

スフェーンを庇《かば》いたいという一心からだろう。オリヴィンの言葉は澱《よど》みなく毅然としていて、まるで、本物の王女みたいだった。

アウィンは、にっこり、と笑顔をオリヴィンに向ける。

「いえ……、わたしは……」

「スフェーン姫はほんとうにおやさしい方ですね」

「……アウィンさまこそ、おやさしくていらっしゃるのね」

「誰にでも失敗はあるものです。僕はこの程度のことは少しも気にしません」

「いえ……、僕は、その……」

うつむいてしまったアウィンにあたたかなまなざしを向け、それから、オリヴィンはもう一つティーカップを取った。

「ユークレースといいましたか？　あなたもお茶をどうぞ。オリヴィンにも入れてあげましょうね」

ユークレースが恐縮したように頭を下げたままオリヴィンからティーカップを受け取る。スフェーンもそれにならって、オリヴィンが手ずから入れてくれたお茶を手にした。

使用人である自分たちが主人と同じテーブルにつくわけにもいかないので、少し離れた草の上に座ると、ユークレースも隣に腰を下ろす。

ドレイク王国は、ベルフト王国の北西に位置する大国だ。

ベルフト王国が国として成立する百年以上も前から存在する歴史ある国で、数々の新しい発明や文化を生み出してきた国としても知られている。

紋章はドラゴン。

その紋章のとおり、軍事力にも優れ、国同士の争いからしばらく遠ざかっている現在でさえ、今もドレイク産の武器は他国のそれよりも数段高い値段で取引されていた。

ベルフト王国とは、建国当初からの同盟国でもあり、ベルフト王国からドレイク王国へ、その反対に、ドレイク王国からベルフト王国に嫁いだ姫は、過去に何人もいる。

(アウィンさまか……)

悪くはないのかもしれない、とスフェーンは思った。

エピドートは却下だ。あんな男とは絶対に結婚したくない。それどころか、顔を見るのもいやだ。

浮気性のパイロープと、堅物《かたぶつ》のラリマールは、どっちもどっち。

それに比べたら、アウィンは、ずっと、ずっと、ましかもしれない。

でも……。

スフェーンは、顔を上げ、オリヴィンにやさしげな薄青い瞳を向けているアウィンを窺い見てみる。

この先、ずっと一緒に暮らしていく相手だというのに、少しも胸はときめかなかった。

(結婚って、こんなものなのかしら)

共に時間を過ごす内に、自然と愛情は育っていくものだと言う人もいる。だとしたら、今はそうではなくても、やがて、アウィンのことを好きになる日が訪れるのだろうか？

とても遠い気持ちで視線を戻すと、ユークレースがこちらを見ているのに気づいた。

「何よ」

我ながらかわいくない声だ。

むっとしたように眉を寄せ、ユークレースがいじわるく言う。

「主人に給仕《きゅうじ》させるなんて、小間使い失格だぞ」

それを言われると弱い。

いつもオリヴィンは流れるようになんなくこなしていくから、自分にも簡単にできると思っていたが、大まちがいだった。

（わたしって、こんなにも何もできなかったのね）

なんだか、自分にがっかりだ。

「悪かったわね！　小間使い失格で」

「スフェーンさまがやさしい方でよかったな。エピドートのような主人なら、今ごろ、おまえ、お手討ちになってるぞ」

悔しい。悔しいが言い返せない。

歯噛《くや》みしていると、ユークレースが、ぽつん、と言った。

「さっきは悪かったな」

「……え？」

「いや、考えたら、おまえだって女の子なんだし、あれは年ごろの乙女に向かって言っていい言葉じゃなかった。ごめん。反省してる」

つまり、あれか。例の忌々しい肖像画のことか。

「そうね。とても紳士的とは言えない行為だったわ」

「だから、悪かったって言ってんだろ。俺だっていつもそうじゃない。こう見えても、普段は、もっと、紳士なんだぞ。でも、なんでだろ？　おまえといると、どうも、調子が狂っちゃって……」

スフェーンはまじまじとユークレースの横顔を見つめた。

青い青い瞳には、紛《まぎ》れもない困惑が浮かんでいる。

なんだか、笑い出したくなった。

同じだ。スフェーンも、ユークレースといると、なぜか、調子が狂う。

波長が合っているのか、それとも、全く合わないからなのかはわからないけれど、きっと、世の中には、そういうこともあるのだろう。

「ユークレースって、変な人ね」

「おまえだって変な女じゃないか」

「わかったわ。変同士で仲よくしましょうよ」

今のところ、四人の求婚者の中ではアウィンが最もまともだ。もし、アウィンの元に嫁ぐことになるのなら、従者であるユークレースとも親しくしておいたほうがいい。

「おまえって……」

ユークレースが絶句する。

「……やっぱり、おまえは変な女だよ」

なぜだか、そう言われてもいやな気持ちにはならなかった。

笑みを向けると、ユークレースが小さく噴き出す。笑った顔は悪くないなと思った。オリヴィンの言うとおり、少し、すてき、かもしれない。

ぼんやりと考え込んでいると、ユークレースがその青い青い瞳をスフェーンに向けて問いかけてきた。スフェーンが「仲よくしましょうよ」と言った言葉に賛同したのか、そのまなざしは、先ほどまでよりは随分親しげだ。

「さっき、俺たちと入れ違いに帰っていったのは、ピスキスのラリマールだろ」

スフェーンはうなずいて答える。

「ええ。そうよ。パイロープさまも、ご到着になっていて、もう、お会いしたわ」

「どうだった？　ラリマールとパイロープは」

「あら。気になるの？」

「当たり前だろ。……アウィン王子のライバル、なんだから」

ユークレースの声は思いのほか真剣だった。

「そんなふうに言うってことは、ユークレースは、アウィンさまにスフェーン姫さまと結婚してほしいと思っているの？」

「え？　俺？　そうだなぁ……。スフェーン姫さまは、心穏やかで、愛らしく、すばらしい女性だとは思うが、結婚というと、まだ、よくわからないな」

「だったら、ほかの求婚者の方々を気にする必要もないと思うけど」

「それでも！　アウィン王子が選ばれなかったら、なんだか、ほかの求婚者たちにアウィン王子が負けたみたいでいやじゃないか」

こんなところまで勝ち負けで判断しようとするユークレースは、いかにも、質実剛健《しつじつごうけん》・勇猛《ゆうもう》

果敢《かかん》を旨とするドレイクの男らしくて、スフェーンは少しおかしくなった。

（案外、素直な人なのかもしれないわね）

なんの迷いもないように、天に向かって、まっすぐに伸びていく若木のような健やかさ。その歪みのない生命が、少し、まぶしい。

「そうね。ラリマールさまは噂どおりのロマンのかけらもないコチコチで、パイロープさまは節操なしの浮気性だったわ」

スフェーンがそう言うと、ユークレースが眉をひそめる。

「浮気性？」

「今夜ベッドを訪ねておいで、みたいなことを言われたの。いくら小声だったとはいえ、求婚している相手がいる目の前で、その小間使いを口説くなんて信じられないわ」

ユークレースの眉間の皺《しわ》がいっそう深くなった。

「それで？　今夜、パイロープのところに行くのか？」

「はあ!?」

そんなわけないでしょ！！！

言いかけた言葉を、スフェーンは飲み込む。

ユークレースの頭ごなしの口調に、カチン、ときたからだ。

「そんなこと、あなたに関係ないでしょう？」

「そうだな。おまえがどんなにふしだらな女であろうと、俺には関係ない。今のところは、な」

今度は、スフェーンが眉をひそめる番だ。

どうやら、自分とユークレースは、とことん、相性が悪いらしい。

仲よくしようと決めたそばから、すぐに、この調子だ。

（わたしのせいじゃないわ。ユークレースがいけないのよ。だって、あんないじわるな言い方をするから……）

憤りに任せて、スフェーンはユークレースをにらみつける。

ユークレースはユークレースで、そっぽを向いたまま、こちらを見ようともしない。

スフェーンは、いらいらした気分で、丘の上の四阿に視線を向けた。

四阿では、オリヴィンとアウィンが、何やら楽しげに会話を交わしている。

（これで四人か……）

スフェーンは、心の中で、ため息交じりに小さくつぶやいた。

ドレイク王国の第一王子アウィン。セルペンスの王弟エピドート。アロゴの大商人パイロープ。ピスキスの市長ラリマール。

（あと、お一方は、いったい、どこのどなたなのかしら？）

どんなに聞いても、父は五人目の求婚者のことは教えてくれなかった。「会えばわかる」と、その一点張りだ。

その口ぶりからして、スフェーンも知っている相手なのだろうが、考えても考えても思い当たる人物はいない。

まさか、言えないような相手を父が選ぶとも思えないし、あるいは、スフェーンを驚かそうとでも考えているのだろうか？

すっきりしない気持ちでスフェーンが首を傾げていると、城門から馬車が入ってくるのが見えた。

四頭立ての立派な馬車だ。波打つ銀色の長い髪をなびかせながら御者台に座っているのは、やはり、立派な服に身を包んだ、スフェーンの父と同じくらいの年ごろの紳士で……。

それが誰だか認めた瞬間、声を上げなかった自分をスフェーンは褒めてやりたいと思う。

「どうやら、五人目のご登場のようだな」

隣でユークレースがやけにのんびりと言った。

「馬車の紋章は葡萄《ぶどう》だ。ということはヴィノグラート公国の馬車か」

先ほどの言い合いのことなんか忘れたようなその態度には腹が立つが、かといって、無視するのも子供っぽ過ぎる気がして、スフェーンはうなずく。

「……そうね」

「でも、ヴィノグラートに、スフェーン姫を娶《めと》るのにちょうどいい男子がいたかな？　成人している息子は全員妻帯者《さいたい》のはずだぞ」

ユークレースが言っていることは嘘ではない。

ヴィノグラートの大公には、かつて、三人の妻がいた。

一人目の妻が生んだ三人の息子はすべて成人して妻を娶っており、二人目の妻との間には男子はいなかった。先年離婚したばかりの三人目の妻が産んだ四番目の息子は、まだ三歳で、スフェーンの夫候補としては、とてもじゃないが、幼な過ぎる。

だが、ユークレースがそれを知っているとは思わなかった。

馬番でありながら、ユークレースは妙に世事《せじ》に通じている。馬番とは、そういうものなのだろうか？　それとも、ユークレースが特別なのか。

スフェーンは立ち上がり、オリヴィンに向かって言った。

「姫さま。お客さまがおいでのようですわ。ちょっと見てまいります」

続いて、ユークレースも立ち上がる。

「アウィンさま。俺も一緒に行ってきます」

ありがたい申し出ではなかった。できればひとりで行きたかったが、断って、その理由を問われたら、それはそれで面倒だ。

スフェーンは、ローブの裾をひるがえしながら、丘の斜面を下る。

丘の麓に厩舎と車庫があるので、馬車はそこに向かっているようだ。

「大公さま！　もう、およしになってください。御者の真似ごとなど、大公さまのなさることではありません!!」

馬車の窓から身を乗り出して誰かが叫んでいた。

御者台に座っている銀色の髪の人物が楽しげに答える。

「いいじゃないか。このくらい。じっとしているのは退屈なんだ」

「しかし……」

「おまえも、御者台ばかりでは飽きるだろう。たまには私の気分を味わうのも悪くないぞ」

「大公さま〜」

どうやら、御者の仕事を強引に奪って、ヴィノグラート公国の大公自らが手綱を握っているようだ。

(あの方、らしい、わね)

スフェーンはすぐそばにいるユークレースにはわからないようこっそりとため息をつく。

(ほんと、酔狂《すいきょう》なんだから)

にわか御者にもかかわらず、馬車はまっすぐに進んでくるとスフェーンとユークレースの前でぴたりと止まった。持ち主と違って、実に、躾《しつけ》の行き届いた馬だ。

スフェーンは、恭しく頭を下げ、何か言われるより先に、急いで言った。

「ヴィノグラートの大公さまでいらっしゃいますね。ようこそお越しくださいました。わたしはスフェーン姫さまの小間使いのオリヴィンでございます。姫さまに代わって、大公さまのお出迎えに参上いたしました」

　ヴィノグラート大公がスフェーンを上から下まで眺め回す。そのブルーグレーの瞳に浮かんでいるのは、今にも笑い出したいのをこらえているような色。

「いかにも、私はヴィノグラート公国の大公アルマンディンだ。オリヴィンといったね。お出迎えごくろうさま」

　アルマンディンは、スフェーンに、にっこり、と笑いかけ、それから、スフェーンの隣で恭しく頭を下げているユークレースに、ちらり、と視線を向ける。

「そちらは見かけぬ顔だね。新しく入った使用人かい？」

　いきなり声をかけられて、戸惑ったのかもしれない。ユークレースが少し強張った顔と声で答える。

「俺……、私はドレイク王国のアウィン王子の馬番でユークレースと申します」

「アウィン王子の馬番ねぇ」

「アウィン王子はあちらに」

　ユークレースが掌《てのひら》で指し示した先では、アウィンとオリヴィンが並んでこちらを見下ろしていた。

　アルマンディンは、しばし、そのふたりをじっと見つめたあと、おもむろに御者台から降りる。

「アウィン王子とご一緒においでなのがスフェーン姫だね？」

ことさら確認を促すようなアルマンディンの言葉に、たっぷりともったいぶって、スフェーンは答えた。

「さようでございます」

「アウィン王子とスフェーン姫は随分仲がよさそうだ。となると、私は出遅れたということなのかな？」

「は？」

「ベルフト王に聞いていないのかい？　私もスフェーン姫に求婚しているんだがね」

スフェーンは驚きに目を瞠った。あまりにも驚いて、きらめく緑の瞳が思わず落っこちてしまいそうになったほどだ。

(嘘……！)

では、ヴィノグラート大公アルマンディンが五人目の求婚者だということ？？？

アルマンディンは、ちらり、と意味ありげな視線をスフェーンに向け、嘯《うそぶ》くように言った。

「確かに、私はスフェーン姫の父君であらせられるベルフト王とは同年代だからね。スフェーン姫の夫としていささか年を取り過ぎているのではないかという、きみの危惧《きぐ》は当然だよ。かわいいオリヴィン」

「いえ……、わたしは、そのような……」

「だが、こう見えても、私は独身なのでね。三人目の妻が出ていってからもう一年近くになる。そろそろ新しい妻を迎えたくなっても不思議はないだろう？」

ついでに、ぱちん、と派手なウィンクを向けられ、スフェーンはたじろぐ。

なんだか、今日は、妙にウィンクをされる日だ。

もっとも、パイロープのそれとアルマンディンのそれとでは、意味合いが随分違っているような気はするが。

唖然とするスフェーンをよそに、アルマンディンは余裕綽々《しゃくしゃく》だった。

「長旅で疲れた。姫へのご挨拶は明日にして休ませていただいてもいいかな」

「は、はい……。大公さま……。では、このオリヴィンがお部屋までご案内いたします」

「いいって。いいって。自分で行けるよ」

「でも……」

「ああ。ユークレースといったかな。私の御者に厩舎と車庫を教えてやってくれないか。頼むよ」

ユークレースが、うなずいて、馬車に近寄り、ようやく手綱を取り戻した御者に声をかける。

スフェーンは、思いもかけぬ事態になったことに愕然《がくぜん》としながら、飄々《ひょうひょう》とした足取りで去っていくアルマンディンの後ろ姿を、ただ、見守ることしかできなかった。

◇◇◇

薄暗い廊下はひっそりと静まりかえっていた。

時間は、そろそろ深夜にさしかかろうかというところ。多くの者は既にベッドについている頃合だろう。

スフェーンは、あたりを見回し、誰もいないのを確認してから、ユニコーンと百合の美しいレリーフが施されたドアをノックする。

いくつもあるアナトリの離宮の客用寝室の一つだが、ここがアルマンディンのお気に入りで、アルマンディンがアナトリに滞在する時には、いつも、この部屋を使うことをスフェーンはよく知っていた。

「わたしです。スフェーンです。どうぞ、開けてください」

小声が届いたのか、内側からドアが開いた。

スフェーンは、わずかに開いたドアの隙間から身を滑らせるようにして部屋に入り、それから、両手を開いてアルマンディンの首に飛びつく。

「いらっしゃい。おじさま!!」

アルマンディンは、スフェーンの細い腰をぎゅっと抱き締め、それから、スフェーンの両方の頬に、ちゅっ、ちゅっ、とキスをする。

「久しぶりだね。スフェーン。見違えたよ。きみは見るたびに美しくなるね」

「そんなことをおっしゃってくださるのはおじさまだけよ」

「わかっていないな。スフェーン。男というものは、存外、恥ずかしがりやなものさ。皆、きみの美しさに圧倒されて声も出せずにいるんだよ」

深みのあるやわらかい声。乙女心をくすぐる甘い言葉。

ほんとうに、アルマンディンは口が巧《うま》い。おだてられているだけだとわかっていても、なぜか、心がふわふわと浮き立ってくる。

「相変わらずね。おじさま。そのお上手な口で、どれだけの女性を泣かせてきたの？」

「私が女性を泣かせるわけがないだろう。泣かされているのは、いつも、私のほうだよ」

魅力的な笑みを浮かべて、アルマンディンは、スフェーンの手を取り、優雅な仕草でカウチにいざなう。

スフェーンは、アルマンディンに笑顔を返し、導かれるままカウチに腰を下ろした。

ヴィノグラート公国の大公アルマンディンとスフェーンの父であるベルフト国王が長年の友人同士であることを知る者は、そう多くはない。

アルマンディンの訪問は、そのだいたいが非公式だ。最低限の従者だけを連れ、ふらり、といきなりやってくる。

アルマンディンは、スフェーンが物心つくかつかないかの幼児だったころから、スフェーンを一人前の淑女のように扱って、ちゃんとエスコートしてくれた。

そんなアルマンディンのことが、昔も今もスフェーンは大好きだ。

「きみも飲むかい？」

カウチの前のテーブルには、ワインのボトルとグラスが一つ載っている。

アルマンディンの治めるヴィノグラート公国は、国土のほぼすべてが山岳という山の国だ。平地は限られるが、代わりに斜面を利用した葡萄の栽培が盛んで、その葡萄を使った最高級のワインを産することでも知られている。

テーブルの上に置かれていたのもヴィノグラート産のワインだった。おそらく、アルマンディンが持参してきたものなのだろう。グラスの中にわずかに残っている赤い液体からは、ヴィノグラート産ワイン特有の、よく熟れた葡萄そのままの甘い香りが漂ってくる。

スフェーンが首を左右に振ってアルマンディンの誘いを断ると、アルマンディンは、立ったままグラスをワインで満たした。それから、しばし、香りを楽しみ、そのあと、ちらり、とスフェーンに視線を向ける。

いやが上にも高まる緊張感。

スフェーンが身をすくめていると、アルマンディンがおもむろにスフェーンに問いかける。

「さて。スフェーン。……いや、今は小間使いのオリヴィンと呼んだほうがいいのかな？」

「……」

「それは、いったい、なんの真似だい？」

「……」

「いや、きみのそういうなりも、それはそれで、なかなかそそるものがあるがね」

茶化されて、スフェーンは思わず噴き出した。まったく、アルマンディンの前だと、緊張も長い時間は続かない。

「求婚者の方々をしっかり観察するためよ。そのためには、小間使いのオリヴィンでいたほうが何かと都合がいいでしょう？」

素直にそう打ち明けると、アルマンディンが苦笑する。

「それは確かにそうだが……。ベルフト王はこのことをご存じなのかな？」

「お父さまには内緒よ。だって、言ったら反対されるに決まってるもの」

「そうだろうね」

「今日だって、入れ替わっていたお陰で、パイロープさまの本性を知ることができたのよ。パイロープさまったら、わたしを口説いたの。スフェーン姫の小間使いであるわたしをよ」

スフェーンの言葉に、アルマンディンは小さく声を立てて笑った。

「南国は開放的だからね。そのせいか、いろいろと奔放《ほんぽう》だ。パイロープにとっては、そのぐらい挨拶みたいなものだろう」

「おじさまはパイロープさまをご存じなの？」

「噂だけだがね。なんでも、港ごとに愛人がいるとかいないとか……」

「まあ！」

それでスフェーンに求婚しようだなんて、なんと厚顔無恥《こうがんむち》な男なのだろうとスフェーンは思ったが、アルマンディンには別の考えがあるようだ。

「そんなに目くじらを立てなくても、愛人は愛人だよ。もし、きみがパイロープの妻となったら、パイロープはきみを妻として正当に遇《ぐう》するだろう。そのあたりの公私のけじめはつけられる男だと思うよ」

「でも……」

「それではいやかい？　だったら、ラリマールにすればいい。彼なら、きっと、浮気はしないだろうね」

アルマンディンの言うことは正しい。スフェーンにもそれは理解できる。えり好みをしようなんていう考え自体が王の娘としてまちがっているのだ。なのに、スフェーンの乙女心は、どう言い聞かせても納得してくれそうにはなくて……。

「おじさまのほうこそどうなの？」

スフェーンは、気まずいのを隠すように、少し下を向いたまま、上目遣いにそう聞いた。

「まさか、本気でわたしと結婚しようなんて考えていらっしゃるわけじゃないわよね？」

アルマンディンが笑った。

「おや？　私が求婚者では不服かい？　きみよりは、いささか年上だが、まだまだそのあたりの若い者には負けていないつもりだよ？」

戯《たわむ》れに抱き寄せられ、顎を取られたが、ドキドキどころか、ドキッ、ともしない。

「おじさま。ご冗談が過ぎましてよ」

「あれ？　私はふられたのかな？」

「ほんとうは、そんな気もないくせに。どうせ、お父さまに頼まれて様子を見においでになったとか、そんなところなのでしょう？」

アルマンディンは『そうだ』とも『違う』とも言わなかったが、それ以外にアルマンディンが求婚者として名乗りを上げる理由は見つからなかった。

「ほかのふたりはどうだい？　エピドートにも会ったのだろう？」

問われて、スフェーンはうなずく。

「とても乱暴な方だったわ。顔を見るのもいや。妻になるなんて論外よ」

「まあ、普通、そうだろうね。きみの父上も、セルペンス国王にごり押しされて、仕方なく求婚者の列に加えはしたが、きみが彼を選ぶとは露ほども考えていないだろう」

ことともなく言われて、少しほっとした。少なくとも、父は娘のしあわせよりも政治的なメリットのほうが重要とは考えていないようだ。

「では、アウィン王子は？」

聞かれた瞬間、スフェーンの心の中に浮かんできたのは、アウィン王子ではなく、王子の馬番であるユークレースの顔。

(どうして、わたし、あんな失礼な人のことなんか……)

歯噛みしながらも、スフェーンは力なく答えた。

「……アウィンさまは、いい方だと思うわ……」

「アウィン王子を好きになれそう？」

「それは、まだ、わからないけど……」

アルマンディンが笑う。ひどく楽しげに。

「まあ、いいさ。選択権はきみにある。大いに悩むがいい」

「おじさま！」

「両手に華どころか、五人だと両手両足でも足りないねぇ。スフェーン。ねえ。愛しいきみ。こんなことは一生に一度だよ。せいぜい楽しまなければ損だ。違うかい？」

面白がっている。この酔狂な人は状況を楽しんでいる。

「おじさまみたいな方はしあわせね。どんな逆境でも、逆境と思わずに生きていけそう」

「お褒めに預かり光栄だね」

褒めてないんだけどなーと、肩をすくめ、それから、スフェーンは立ち上がった。

「もう。行くわ。おじさま。お休みのところをお邪魔してごめんなさい」

「私が、いつ、かわいいスフェーンのことを邪魔にしたかい？」

ウィンクつきで言われて、笑いがこぼれる。

アルマンディンが部屋のドアを開いてくれた。

ここから先は、自分はスフェーン姫ではなく、小間使いのオリヴィンに戻らなくてはならない。

「失礼いたしました。アルマンディンさま」

そう言って、小間使いらしく、膝を折って挨拶をすると、アルマンディンが、いとおしげにスフェーンの肩を抱き寄せ、頬にキスをする。

「おやすみ。かわいいオリヴィン」

「おやすみなさいませ」

ドアを閉じ、廊下を戻ろうとした時、ふいに、こちらをじっと見ている者がいるのにスフェーンは気づいた。

「誰……？」

震えながら問いかけると、薄暗がりの中から浮かび上がる青い青い瞳。

見まちがえようもなかった。

「ユークレース……」

どうしてこんなところにユークレースが？

胸に浮かんだ疑問を、スフェーンはすぐに追い払う。

ユークレースの主であるアウィンの部屋は、このすぐ近くだ。アウィンに何か用事があったか、あるいは、用事はなくてもふたりで遅くまで話し込んでいたか。いずれにしても、少しも不思議はなかった。

（もしかして、見られた？）

自分は、ちゃんと小間使いらしく振る舞っていたはず。

アルマンディンも「オリヴィン」と呼んでくれた。

入れ替わりはバレてはいないはずだが、でも、アルマンディンにおやすみのキスをされているところを見られたのはまずかったかもしれない。

「……何してたんだよ？」

ユークレースの声は、低く、重かった。

「そこはヴィノグラートの大公の部屋だろう？　こんな時間にスフェーン姫の小間使いが行く場所とも思えないが」

答えられないでいるスフェーンを見て、ユークレースの青い青い瞳が翳る。

「そういえば、パイロープに部屋に来いと誘われたって言ってたよな」

「え……？」

「なるほど。パイロープよりもヴィノグラートの大公のほうが好みだったってことか。それとも、パイロープの部屋には、もう、行ったあとか？」

「違う……。わたしは、そんな……」

「がっかりだ。スフェーン姫は、なぜ、おまえのような小間使いをおそばに置いておいでなんだ？　それとも、スフェーン姫も、おまえ同様ふしだらなのか？」

思わず手が出ていた。

がらんとした廊下に、乾いた音が反響する。

まさか、スフェーンにひっぱたかれるとは思ってもいなかったのだろう。ユークレースは驚いた表情で、スフェーンに平手打ちをされた頬を押さえていた。

「それ以上侮辱《ぶじょく》したら許さないわよ！」

「……オリヴィン……」

「……あなたって、ほんと、最低!!」

スフェーンは、踵を返して、廊下を駆け出す。

いきなり頬をぶたれてユークレースは痛かったかもしれないが、スフェーンだって、痛かった。掌は、いまだに、びりびり痺《しび》れているようだ。

でも、それ以上に、胸が痛かった。

なぜ、そんなにも痛むのか、スフェーンにもわからないほど、心のどこかが苦しかった。

第二章　身分違いの恋

「それで、計画書はご覧いただけましたか？」

開口一番、ラリマールはそう言った。

アルマンディンの到着によって、五人の求婚者がそろった。

これから、スフェーンの父であるベルフト王がアナトリの離宮にやってくるまでの間が、スフェーンに与えられた時間だ。

この短い期間に、五人の求婚者たちと語らい、誰と結婚するかを決めなくてはならない。

語らう時間は、ひとり半日ずつ。予定を組んで、順番に会う。

五人全員一堂に会するのではなくひとりずつに分けて会うことにしたのは、王太子であるスフェーンの一番上の兄の入れ知恵によるものだ。

兄、曰く。

『その五人って、言ってみれば、全員恋敵《こいがたき》という間柄なわけだろう？　敵同士という立場の男たちが一か所に集まるといろいろ面倒なことが起こりがちだから、父上がおいでになるまでは、ひとり、ひとり、別々に会ったほうがいいと思うよ』

スフェーンは兄のその助言に素直に従うことにした。

兄が自分のことをとても心配してくれていることは知っていたし、それに、五人の男を平等に扱い、もてなし、と同時に、その人となりを見極《きわ》める、なんて自分にはできないと思ったせいもある。

とりあえず、くじ引きで、最初はラリマールと決まった。

昨日は、ラリマールも到着したばかりで余裕がなかったのかもしれない。一晩休んで、疲れも取れ、少しはリラックスした雰囲気で楽しい話もできるかもしれないと、ちょっと——ほんのちょっとくらいは期待したのだが……。

スフェーンのふりをしたオリヴィンが、困ったようにオリヴィンのふりをしたスフェーンにそのさわやかな緑の瞳を向けた。

言葉などなくてもわかる。オリヴィンのまなざしが「計画書は、もう、お読みになりましたか？」とスフェーンに尋ねている。

スフェーンは、ラリマールにはわからないよう、目線だけで「まだよ」とオリヴィンに伝えた。

(あんなもの、一日や二日で読めるわけないでしょ！)

だいたい、あの契約書、いったい、何ページあると思っているのだ？　おまけに、細かい字でびっしり書かれていて、見ているだけで頭痛がしてきそう。

「……あの……、まだ……」

オリヴィンがおずおずとそう告げると、目に見えてラリマールは機嫌が悪くなった。

「困りますね。そのようなことでは」

「……申し訳ありません……」

「スフェーン姫。あなたは、ピスキスの市長の妻になるということがどういうことなのか、自覚がおありなのですか？」

「はい……、いえ……、あの……」

「スフェーン姫はまだお若いから世間のこともよくご存じでないのでしょう。ですが、市長の妻は、市長同様、市民の幸福と安全に貢献する義務があるということをわきまえておいていただかなくてはなりません。そもそも……」

基本的に、ラリマールの話は長い。無駄《むだ》なほど長い。そして、どうしようもなく、つまらない。

オリヴィンは辛抱強《しんぼうづよ》く耳を傾けているようだが、スフェーンはとっくに退屈しきっていた。

もちろん、スフェーンだって、社会情勢に通じることがどれだけたいせつかはわかっているし、ピスキス市長としてラリマールがどのような政治を執り行っているかに全く興味がないわけではない。

もしも、ラリマールがスフェーンにもわかりやすい言葉を選んで話して聞かせてくれたのなら、きっと、もっと、ラリマールの話にも心を引かれただろう。

だが、聞いたこともないような専門用語と数字の羅列《られつ》を、どう理解すればいいというのだ？

さらにうんざりするのは、ラリマールの押しつけがましさ。

『よいですか？　スフェーン姫。厳しいことを申し上げるようですが、これはすべてあなたのためを思ってのことですよ』

そういう、いかにも「教えてやってる」と言いたげな上から目線が、どうにも、癇《かん》にさわる。

長い長い演説が終わって、ラリマールが去ってしまうと、ようやく、少しほっとした。

「ラリマールさまは、ほんとうに、弁舌《べんぜつ》に長《た》けていらっしゃいますわね」

オリヴィンはやんわりとそう表現したが、スフェーンは既にぐったりだ。

「もしも、ラリマールさまと結婚したら、毎日こうなのかしら……？」

「さあ……。それは……」

「いくら政略結婚とはいえ、結婚って、もう少しロマンティックなものかと思っていたけど、これは、もう、修行の領域ね」

ラリマールがスフェーンに求めているのは、夫の言うことには、いっさい口ごたえせず、黙っておとなしく従う妻となること。もし、スフェーンにそれができなければ、いったい、どんな結末が訪れることになるのか想像もつかない。

スフェーンは、大きくため息をついて、お行儀悪《ぎょうぎ》くカウチの背にもたれる。

「なんだか、だんだん、浮気者のほうがましなんじゃないかっていう気がしてきたわ」

「姫さま……」

「ねえ。オリヴィン。パイロープさまと結婚して、わたしも浮気をするっていうのはどうかしら？　だって、パイロープさまにはたくさん愛人がいらっしゃるのよ。わたしが愛人を作ったところで、わたしを非難することはできないはずですもの」

途端に、オリヴィンが真っ青になった。

「いけません。姫さま！　冗談でも、そんな恐ろしいことをおっしゃっては！」

「オリヴィン……」

「どうぞ、そんな心にもないことをおっしゃらないでくださいまし。姫さまは、そんな、ふしだらなことができる方ではありません」

小刻みに震え、涙ぐむその姿を目にした途端、つまらないことを言ってしまったと後悔した。

「ごめんなさい。オリヴィン。もちろん、本気ではないわ」

「わかっています。わかっていますわ。姫さま」

「ありがとう。オリヴィン。大好きよ」

スフェーンは、そう言って、オリヴィンの両手を握ると、自分を鼓舞《こぶ》するように明るい声を出した。

「さて。そろそろお昼にでもしましょうか」

「では、あたしがご用意をいたしましょう」

そう言って、オリヴィンが立ち上がろうとする。

スフェーンは、それを押し留めて、笑った。

「だめよ。今はわたしが小間使《こまづか》いよ」

「でも……」

「それに、少しは練習しなくちゃ。昨日は、アウィンさまの前で恥をかいてしまったもの」

そう。ユークレースにも『小間使い失格』なんて馬鹿にされてしまったし。

「では、あたしがお教えいたしますわ」

オリヴィンと笑いながら用意する食卓はとても楽しい。ほんの少しコツを教えてもらって、お茶をポットから注《そそ》ぐのも上手にできた。

「午後からはアウィンさまよね。これで汚名を晴らせるわ」

今日の午前中はラリマール。午後はアウィン。明日の午前中がパイロープで、午後がアルマンディンだ。エピドートには『会うつもりはない』と書状できっぱり告げておいた。

「……そう、でございますわね……」

「そういえば、オリヴィン。アウィンさまにも例の質問をしたのでしょう？　アウィンさまはなんておっしゃった？」

オリヴィンは、少し言い澱《よど》んだあと、言葉を選ぶようにして答える。

「……父に言われて仕方なく、と……」

「まあ。随分、正直な方ね」

「ご本心だと思います。アウィンさまは上手に嘘のつけるような方ではないと、あたしは思います……」

その口ぶりが少し気になった。なんだか、表情も翳《かげ》っている。

「どうしたの？　オリヴィン。アウィンさまに何か失礼なことでも言われた？」

「え？　いえ。まさか……。アウィンさまは、とても、礼儀正しく、思いやり深い方ですから……」

オリヴィンは微笑んでみせたが、なんだか、その表情は無理に作ったもののような気がする。

（オリヴィン……？　やっぱり、何かあったのかしら……？）

だが、問い質《ただ》してみたところで、オリヴィンが先ほどとは違う答えを返すとは思えなかった。可憐《かれん》な見かけとは裏腹に、オリヴィンは芯が強い。オリヴィンが言いたがらないことを無理に聞き出すことは、そう容易《たやす》くはないだろう。

（いいわ……）

とスフェーンは心の中でうなずく。

アウィンがほんとうはどんな人なのか、自分の目で確かめればいい。

でも、もし、オリヴィンを傷つけるようなことをしていたとしたら、その時は。

(絶対に、容赦《ようしゃ》しないんだから)

◇◇◇

そんなわけで、いささか危惧《きぐ》をいだきつつ臨んだアウィンとの午後は、スフェーンの思いをよそに、とても和《なご》やかなものだった。

ふたりは、離宮を出て、アナトリの森の泉のほとりを連れ立って歩いている。アウィンが望み、オリヴィンがそれを承諾《しょうだく》した。

アウィンは、何か珍しいものでも見つけたのか、少年のように目を輝かせ、オリヴィンに話しかけている。オリヴィンは、そんなアウィンの薄青い瞳を見上げながら、微笑む。

なんだか、とても楽しそうだった。

スフェーンは、侍従長《じじゅうちょう》の指示により木陰に運ばれた椅子《いす》とテーブルのそばで、いつ、ふたりが戻ってきてもいいようにお茶の用意をしながら、ほっと小さくため息をつく。

心配することは何もなかったみたいだ。

(そうよね。アウィンさまは、見るからにいい人そうだもの)

たぶん、自分の気のせいだったのだ。

そうでなければ、アウィンがあまりにも正直だったことで、スフェーンが傷ついたのではないかと不安に思ったのか。

(オリヴィンって、ほんとうに、いい子ね)

できれば、スフェーンが嫁《とつ》ぐ時には一緒についてきてほしい。見知らぬ土地で見知らぬ人々に囲まれて始まる新しい生活も、オリヴィンがそばにいてくれたら、きっと、とても心強いだろう。

だが、スフェーンはそれをオリヴィンに言えずにいた。

だって、他国での生活はオリヴィンにとっても決して楽なものにはならないはずだ。自分のわがままでスフェーンに苦労をさせたくはなかった。

やはり、オリヴィンはこのベルフト王国に残しておくほうがいい。

オリヴィンは、すてきな人と、すてきな恋をして、その人と結ばれることを夢見ている。

スフェーンの小間使いとして他国に行けば、オリヴィンのその夢はかなうことはなくなるかもしれない。

そんなのは、いやだった。

だって、オリヴィンの恋の話をスフェーンも聞きたい。

それは、恋をあきらめたスフェーンに残された、ささやかな願い……。

「恋、か……」

思わずつぶやいた時、ふいに、肩を、ぽん、と叩かれた。

「ひえっ……!?」

びっくりして、文字どおり飛び上がったスフェーンの顔を、さも面白そうにのぞき込んでいたのは、ブルーグレーの瞳。

「おじ……！　いえ、ア、アルマンディンさま……」

「コイがどうしたって？」

「いえ……。あの……、その……」

「あの泉に鯉《こい》がいるなんて初耳だなぁ」

からかわれている。あの泉に鯉などいないことは自分だってよく知っているくせに、アルマンディンは戯言《ざれごと》を言って楽しんでいる。

スフェーンは、アルマンディンを、キッ、とにらみつけ、それから澄《す》ました声で言った。

「何か御用でございましょうか？」

アルマンディンは、余裕たっぷりの笑顔で、テーブルの上を指差す。

「何か飲み物を一杯くれないか？　かわいいオリヴィン。喉が渇いたんだ」

そう言われると、小間使いとしては『だめ』とは言えない。

スフェーンは、不承不承《ふしょうぶしょう》ながらも、用意していたレモネードをアルマンディンに注いでやる。

アルマンディンは、それを受け取ると、立ったまま一気に飲み干した。どうやら、『喉が渇いた』というのは、あながち嘘でもなかったらしい。

「午前中はラリマールと会ったんだろう？」

唐突に聞かれて、スフェーンはうなずいた。

「はい。さようでございます」

「どう？　印象は変わったかい？」

聞かれても、「はい」とも「いいえ」とも答えようがない。

「……好きになれないということがわかったとしか……」

「好きでなくても結婚はできるよ？」

思わず、スフェーンは小さな声で言った。

「……おじさまのいじわる……」

アルマンディンは、楽しげに声を立てて笑ったあと、オリヴィンとアウィンに目を向ける。

「案外、お似合いだね」

大国の第一王子だというのに、どこか、素朴《そぼく》で実直そうな雰囲気を漂《ただよ》わせているアウィンと、可憐で慎ましやかなオリヴィン。

木立の中、やわらかな木漏れ陽を浴びて寄り添うふたりは、一枚の絵のように美しい。

見てはいけないものを見ているような気がして顔をそむけると、アルマンディンの指先が頬に触れた。

「どうしたんだい？　愛しいきみ」

「……」

「そんな悲しそうな顔をされると、私まで悲しくなってしまうよ」

抱き締められても、スフェーンは抵抗しなかった。子供のころ、ささいなことで泣きじゃくるスフェーンを、アルマンディンはよくこんなふうに抱き締めてくれた。

だが……。

ふいに、どこかで枝の鳴る音がした。

はっとして音のしたほうに目を向ければ、ユークレースの青い青い瞳がこちらを見ている。

見つめ合っていたのは、たぶん、心臓が一つ鼓動《こどう》を打つ間くらいの短い時間。

ユークレースは、すぐに、気まずげに目をそらし、背中を向けてしまった。

「おや？　誤解されてしまったかな？」

アルマンディンは困ったように肩をすくめたが、その瞳には楽しくてたまらないといった色が浮かんでいる。

「おじさま。今のはわざとでしょう？」

「なんのことだい？」

「ユークレースが見ているのを知っていて、わたしにキスするふりをしたのね」

ユークレースが立っていた位置からは、きっと、アルマンディンとスフェーンが抱き合ってキスを交わしているように見えたはずだ。それも、頬への親愛のキスなどではなく、恋人同士がするような唇と唇を触れ合わせる淫《みだ》らなキスを。

「ユークレースに誤解させて、どうするつもり？」

「たかが、馬番じゃないか。誤解されたところで困ることなどあるのかな？」

「……たとえば、アウィン王子と結婚することになったとして、その時、あの馬番に、スフェーン姫とヴィノグラートの大公は怪しいとアウィン王子に耳打ちでもされたら困るわ」

「その時は私がいくらでも弁解してあげるよ。そんな事実はない、とね。アウィン王子が、ヴィノグラートの大公と馬番の戯言のどちらを信じるか、考えるまでもないだろう？」

アルマンディンは自信たっぷりにそう言ったが、スフェーンにはよくわからなかった。

アウィンは、ユークレースを心から信頼しているように見えるし、ユークレースの言うことになら、耳を傾けるのではないかという気がする。

すべてにおいて控えめなアウィンが、自分とは反対に大胆で行動的ともいえるユークレースのような家臣をこんなにも頼りにしているのは少し不思議な気がするが、自分にないものを求めているのだと思えば納得はできた。

「どうしたんだい？　難しい顔をして」

アルマンディンがおどけたように言う。

「もしかして、ユークレースのことが気になる?」

スフェーンは即座に首を左右に振った。

「いいえ。きらいよ。あんな人」

「どうして?」

「だって、いつもひどいことばかり言うんですもの。あんなにいじわるな人には初めて会ったわ」

「初めて、ねぇ……」

アルマンディンが小さく噴き出す。

「笑いごとじゃないわ。ほんとうのことなんだから」

「わかっているよ。私のかわいいプリンセス」

アルマンディンは、そのあたたかい掌《てのひら》をスフェーンの両肩に置いて、スフェーンの額にキスをした。

「こう見えて、私はいつもきみのしあわせを願っているんだよ」

「おじさま……」

「それだけは、忘れないでいておくれ」

スフェーンは、こくん、と小さくうなずく。

アルマンディンの真意はわからない。

でも、そのキスの、あたたかさ、やさしさは、決して嘘ではないと知っていたから。

◇◇◇

次の日。

パイロープとフランス式庭園を散歩している時に、まず、小さな騒動が起こった。

「やあ。スフェーン姫。お待たせしてすみません」

パイロープは、スフェーンのふりをしたオリヴィンと、小間使いのなりをしてオリヴィンに従うスフェーンを見つけるやいなや、笑顔でそう言った。

事前に、侍従長を通じて『今日は散歩でもいたしませんか』と伝えてあったはずだか、なかなか姿を現さないので、何か行き違いでもあったのではないかと思い始めていたところだ。

(淑女を待たせるなんて！)

スフェーンは心の中で少々憤《いきどお》ったけれど、パイロープには悪びれた様子もない。

南の人がおおらかだとしても、こんなにもおおらかだと、さすがに、少々いらだちたくなってくる。

「スフェーン姫。今日もお美しい」

オリヴィンを褒める傍《かたわ》らで、パイロープはスフェーンに向かってウィンクをした。アルマンディンは『挨拶《あいさつ》』だと言ったけれど、こういうところもとても慣れそうもない。

「昨日はお休みになれまして？」

オリヴィンの問いに、パイロープは笑ってうなずいた。

「ええ。ぐっすり」

「それはようございました」

「スフェーン姫さまがいてくださったら、もっと、よく眠れたでしょうね。やはり、独《ひと》り寝のベッドは淋しくてたまりません」

ちらり、と色気たっぷりのまなざしを向けられてオリヴィンが赤くなる。

（よく言うわ）

スフェーンは心の中で吐き捨てた。

聞くところによると、昨日、パイロープは、あてがわれた客室に現れる小間使い全員を、その甘ったるい言葉とまなざしで口説きまくったらしい。辟易《へきえき》した小間使いたちに訴えられて、最後は侍従長自らがパイロープの世話をしたというからあきれる。

今は、スフェーンの振りをしたオリヴィンを口説く気満々だ。

何しろ、近い。すごく、近い。スフェーンが間に入って牽制《けんせい》しなければ、オリヴィンの手を握り、細い肩を遠慮なく抱き寄せていただろう。

だが、そんなパイロープにもいいところがないわけではなかった。

パイロープは使用人たちに対して寛容だ。失敗をしても頭ごなしに怒鳴りつけたりはしないし、ちゃんと仕事をすれば労《ねぎら》う。

商人である彼は、案外、『言うだけなら無料《タダ》』程度にしか考えていないのかもしれないが、「よくやっているね」「ありがとう」と声をかけられて喜ばない者はいないだろう。いたとしたらその人は相当の偏屈《へんくつ》に違いない。

一方、ラリマールはそういうところは全くダメだった。自分にも他人にも完璧を求める彼は、使用人の失敗を絶対に許さない。スフェーンの小間使いのひとりが、ラリマールに給仕《きゅうじ》をする際、些細《ささい》な粗相《そそう》をしたのを、ラリマールが本気で怒鳴りつけているのを見てしまった時は、心底、がっかりした。

感じはいいが女にだらしないパイロープと、まじめを通り越して厳格過ぎるラリマール。

(どっちもどっちね……)

思わずため息をついていると、少し離れた場所で誰かが言い争っている声が聞こえてきた。

「おやめください！」

どうやら、離宮の門を守る衛兵のようだ。

「うるさいっっっ!!」

応じたのは、ひどく乱暴な声。

「吾《われ》を誰だと思っている!? おまえのような衛兵が気安く口を利《き》ける者ではないぞ!!」

エピドートだ。

あの粗暴で傲慢《ごうまん》な口調は、一度聞いたら忘れられるものではない。

衛兵に意見されたのが気に入らなかったのか、エピドートは、手にした棒切れで、フランス式庭園に植えられた植物たちをなぎ払う。それが剣でなかったのは、離宮内では帯剣《たいけん》禁止のため、エピドートの剣を預かっているからなのだろうが、力任せに振れば、ただの棒切れであっても相当の威力《いりょく》を発揮する。

哀れ。ふんわりと開き染めた薔薇《ばら》の蕾《つぼみ》が、いくつか千切れて宙を舞った。

「ひどい……」

花に、なんの罪があるというのか。こんな狼藉《ろうぜき》、許せるはずもない。

思わず、スフェーンは飛び出していた。

「なぜ、こんなことをなさるのです!?」

エピドートが振り向いた。

「またおまえか。生意気な小間使い。口を慎め」

凄《すご》まれて、ひるみそうになる自分を、スフェーンは必死になってこらえる。

もちろん、こんな暴力や暴言に接するのは生まれて初めてのことで、とても怖い。だからといって、エピドートの脅《おど》しに屈したくはなかった。悪いのは、自分ではなく、エピドートなのだ。

「慎むのはそちらのほうです」

「なんだと!?」

「確かに、エピドートさまは高貴な方。高貴な方であればあるほど、また、高貴な振る舞いをなさるべきではありませんか」

「女ぁ！」

エピドートは、怒りのためか、顔を真っ赤にして、スフェーンに掴みかかろうとしたけれど、スフェーンの背後にオリヴィンがいるのを認めて態度を変える。

「スフェーン姫。お聞きしたい。なぜ、吾とは会わぬ？」

どうやら、エピドートとは会う気がないと書面で告げたことに腹を立てているらしい。

オリヴィンは、すっかりすくみ上がってあとずさる。

「それは……」

代わりに、スフェーンが答えた。

「あの書状をご覧になったのであれば、おわかりいただけるはずですわ」

「あんな紙切れ一枚で何がわかるというのだ？」

「会わないということは、姫さまには、エピドートさまを夫に迎える意志がないということです。つまり、会っても無駄だから会わないとおっしゃっているのですよ」

それぐらい察しろ。それとも、そんなこともできないくらい頭が悪いのか?

スフェーンの侮蔑《ぶべつ》が伝わったのだろう。エピドートは、憤怒《ふんぬ》の表情になって、スフェーンを突き飛ばした。

「やめろ! おまえのような下賤《げせん》な者の言葉など耳が穢《けが》れるわ!」

「きゃあっ……」

「スフェーン姫。お答えいただこう。このままでは、納得がいかぬ」

エピドートに腕を掴まれて、オリヴィンは、ただ、ぶるぶる震えている。エピドートは、オリヴィンのことを王女だと思っているから、まさか、暴力を振るったりはしないと思いたいが、この興奮ぶりを見ると安心はしていられない。

(誰か……)

スフェーンは、敷石の上に這《は》いつくばったまま、あたりを見回す。

(そうだ……! パイロープさまは……?)

だが、少なくとも、目に見える範囲の中に、パイロープの姿はなかった。ほんのちょっと前までは、スフェーン姫のふりをしたオリヴィンにぴったり密着する勢いで張りついていたのに。

(あの男、逃げたのね……!)

確かに、パイロープは見るからに優男《やさおとこ》だ。商人だし、たとえば、ドレイク王国の王子であるアウィンと違って、武術もろくに修めてはいないのだろうが、でも、だからって。

(乙女を見捨てて自分だけ逃げるなんて言語道断《ごんごどうだん》だわ！！！！！)

スフェーンが怒りに燃えている間も、エピドートは、さらに、オリヴィンの腕をぐいぐい引っ張っている。

「……いや……。およしになって……」

オリヴィンの精いっぱいの抗議も、エピドートには届かない。

「スフェーン姫よ。会わぬという言葉は撤回していただこう。撤回していただけるまで、吾はこの手を離さぬ」

衛兵たちも、相手が相手だけに、強気に出られず、手をこまねいている。

(どうしよう……？)

いっそ、自分が本物のスフェーンであることを打ち明け、エピドートの顔など見たくないとはっきり言ってやろうか。使用人に平気で手を上げるような乱暴者の妻になる気はないと、毅《き》然《ぜん》とした態度で、ここから追い出してやろうか。

「わたしは……」

だが、スフェーンが声を上げたその瞬間、別の誰かの声がスフェーンを遮《さえぎ》った。

「その手を離せ!!」

競馬場を疾走《しっそう》するような勢いで、フランス式庭園の小道を葦毛《あしげ》の馬が走ってくる。

あっと思う間もなく、アウィンは葦毛の馬から飛び降りると、オリヴィンの華奢《きゃしゃ》な身体を抱き締めた。

「アウィンさま!!」

オリヴィンが、すすり泣くようにアウィンの名を呼びながら、アウィンの広い胸に取りすがる。

激昂したエピドートは今度はアウィンに掴みかかろうとしたが、ユークレースがその腕を掴み阻止した。

「離せっ」

「離しません」

「馬番風情《ふぜい》が吾に触れてよいと思っているのかっっっ」

「馬番であっても人の道は知っている！　それがわからぬあなたは馬番にも劣る！」

火花さえ散りそうなほど激しくにらみ合うふたりの間に割って入ったのはアルマンディンだ。

「まあまあ。ふたりとも落ち着いて、落ち着いて」

アルマンディンは栗毛の馬に乗っている。その後ろには、乗り手のいない白馬がおとなしく従っていた。おそらく、ユークレースが騎乗《きじょう》していたのだろう。

どうやら、アルマンディンとアウィンは、ユークレースを伴って、遠乗りにでも出かけるところだったらしい。

（いつの間に、そんなに親しくなったのかしら？）

疑問に思いながらアルマンディンを見つめていると、アルマンディンは、よっこらせと馬を下り、それから、エピドートと向かい合う。

「セルペンスの王弟殿下とお見受けする。私はヴィノグラートの大公アルマンディン。貴公のことは、貴公の兄上からよく聞いているよ」

にっこりと満面の笑顔を向けられて、エピドートが押し黙った。

「スフェーン姫は可憐だね。そして、野の花のように愛らしい。貴公が焦《こ》がれる気持ちもわからないではないが、でも、無理《むり》強《じ》いはいかんなぁ」

アルマンディンの口調は、相変わらずのらりくらりとしている。だが、その一方で有無を言わせぬ響きを持っていた。

「さあ。もう、引き取りたまえ。セルペンスの王弟殿下」

「吾は……」

「これ以上、何か問題を起こすようであれば、ベルフト国王にも申し上げねばならなくなるよ。そうなれば、貴公の兄上の耳にも、自然とことの次第は伝わるだろうね」

さすがのエピドートでも、王である兄の名前には弱いらしい。ぐっと言葉に詰まったエピドートを見て、スフェーンは少しほっとする。

さすがはアルマンディン。

(これが年の功というものね)

アルマンディンからすれば、エピドートなどただの小僧っ子にしか見えないのだろう。

やはり、アルマンディンが自分に本気で求婚するなんてありえない。アルマンディンは、こうした事態に備えてのお目つけ役なのだ。

そんなことを考えながら、スフェーンがぼんやりとアルマンディンを見つめていると、ふいに、視界を遮るように手を差し伸べられた。

スフェーンを見下ろしているのは、青い青い瞳。

そうとわかった途端、なぜか、胸が締めつけられるように、きゅっ、と音を立てた。

自分でも、どうしてそんな気持ちになるのかわからないまま、ふい、と顔をそむけると、強引に手を取られ、身体を起こされる。

(前にもこんなことがあったわ……)

そう。初めてユークレースと出会った時のこと。場所も、このフランス式庭園だった。

いつも、困った時には、ユークレースが来てくれる。その強さ、その勇敢《ゆうかん》さで、スフェーンが守りたいと思ったものを、守ってくれる。

「おまえにこうして手を貸すのは二度めだな」

ユークレースも、自分と同じことを考えていたのかと思ったら、妙にうれしくなったけれど、なぜか、素直になれず、口をついて出てくるのは憎まれ口。

「……頼んでいないわ……」

「淑女の困難に手を貸すのは紳士の務《つと》めだ」

思わず見つめた瞳は、やはり、青く青く澄んでいる。

「……姫さまを守ってくださってありがとう……」

ようやく、素直な気持ちが唇からこぼれ落ちた。

だが、ユークレースは怒ったような顔をしたままだ。

「俺はスフェーン姫を守ったわけじゃない」

「え……？」

どういう意味だろう？

だが、見上げた横顔は頑《かたく》なで、問い質したところで何も答えてくれそうにはなかった。

「さて。では参ろうか。エピドート殿」

アルマンディンが、衛兵たちに命じ、有無を言わさずエピドートを引っ立てていく。

「いや……。吾は……」

「つき添いのひとりもいないのでは淋しかろうし、私がつき添ってしんぜよう」

「し、しかし……」

「ユークレース。私の馬を頼む。アウィン。君は、スフェーン姫とオリヴィンを部屋まで送ってさしあげなさい。残念だが、遠乗りは、また、別の機会にするとしよう」

唖然としてその後ろ姿を見送っていたスフェーンは、アルマンディンのその言葉で、ようやく、我に帰った。

気づけば、まだ、ユークレースにしっかりと手を握られたままだ。

あわてて身体を離した瞬間に感じた、どこか淋しいような気持ち。

スフェーンには、それがどういうことなのかわからなかった。ただ、胸の中を渦巻くもやもやとしたものに戸惑うことしかできなかった。

◇◇◇

夜を待って、スフェーンは、再びこっそりと部屋を抜け出し、アルマンディンの元に向かうことにした。

あのあと、エピドートがどうしたか聞いておきたい――というのは建前で、本音を言えば、アルマンディンにいろいろと相談に乗ってもらいたかったからだ。

アルマンディンとエピドートは除外するにしても、残りの三人の内から結婚相手を選ぶとすれば、まちがいなくアウィンだろう。

アウィンは、やさしく、穏やかで、一緒にいても苦痛ではない。ドレイク王国は、国の規模や人口もベルフト王国と同程度だし、文化も似通《にかよ》っているので、結婚したあと、苦労も少ないはずだ。

オリヴィンも、スフェーンの結婚相手にはアウィンが一番いいと言っていた。むしろ、アウィンしかいないとでも言いたげな口ぶりだ。

（いい方だとは思うんだけど……）

このままアウィンを選んでいいのか、自分でもわからなかった。

アルマンディンなら、何かいい助言をくれるかもしれない。迷いを吹っ切れと、背中を押してくれるかも……。

スフェーン姫の部屋として、現在、オリヴィンが使っているのは、本来のスフェーンの部屋ではなく、客間の一室だ。スフェーンはその隣に設《しつら》えられた小間使い用の小部屋で寝泊りをしている。

オリヴィンは今日は早めに床《とこ》に就きたいと言っていた。

昼間の一件で、疲れたのだろう。そうでなくても、王女の身代わりとして、日々、緊張を強《し》いられているのだ。オリヴィンが口に出して訴えることはないが、オリヴィンの負担が並大抵でないことは想像に難《かた》くない。

（わたし、まちがっていたのかしら……）

父から五人の求婚者の話を聞かされた時、スフェーンの胸に浮かんだのは、大きな戸惑いと、それから、それに負けないほどの虚無感。

父の選んだ求婚者たちの相手をするのは、正直、疎《うと》ましかった。好きでもない男と、会って、話をして、どのくらい妥協したらいいのかなんて考えることの、いったい、何が楽しいのか？

あるいは、自分は、そんな自分の気持ちから逃げ出したかったのかもしれない。

小間使いのふりをしていたほうが求婚者たちの真の姿がよくわかる、なんて、そんなの、ただの言い訳。

ほんとうは、彼らの相手をしたくなくて、厄介《やっかい》ごとをオリヴィンに全部押しつけただけだったのかも。

ひたひたと胸に押し寄せてくるような罪悪感に唇を噛みながら、スフェーンが音を立てないように注意をして廊下に出ると、少し前を別の誰かが歩いているのが見えた。

ゆったりとした部屋着に、フード付きの外套《がいとう》。顔はよく見えないが、華奢な後ろ姿には見覚えがある。

（オリヴィン……？）

たしか、オリヴィンはもう床に就いているはず。

（なのに、どうして……？）

思わず、スフェーンは足早に廊下を急ぐオリヴィンのあとを追っていた。

オリヴィンは、スフェーンには気づかないまま、建物を出て、裏庭へと向かっていく。

月明かりに照らされたその横顔は、何か思いつめてでもいるのか、ひどく青ざめていた。オリヴィンのこんな顔は初めてだ。いつも、可憐に微笑むところしか見たことがなかったのに……。

釈然《しゃくぜん》としない気持ちで追跡していくと、オリヴィンは、森の外れにある大きな菩提樹《ぼだいじゅ》の樹の下で足を止め、あたりを見回した。

樹の下から、誰かが姿を現す。

背が高い。男だ。

木陰から出たその誰かの顔が月明かりに照らされたその瞬間、スフェーンは息を飲む。

(アウィンさま？？？)

なぜ？　どうして？　オリヴィンとアウィンが、夜中に、人目を忍んで密会などしているのだろう？？？

思わず身を乗り出した時、後ろから、ぐい、と引き戻された。

大きな掌が唇をふさぐ。

耳元で、極限までひそめた声がした。

「静かに！　俺だよ。俺。ユークレースだ」

スフェーンは首だけを動かして後ろを向く。

ユークレースが、背後から、しっかりとスフェーンを抱き留めていた。

なぜ、ここにユークレースがいるかなんて聞く必要もない。たぶん、スフェーンと同じ。主《あるじ》であるアウィンを追ってきたのだろう。

「何よ。離してよ。この変態！」

ユークレースと同じようにひそめた声で文句を言ってもがくと、すぐに、腕の力がゆるんだ。

「変態とはなんだ？　変態とは！　あのままだと、おまえ、確実に気づかれてたぞ」

「だとしても、もっと、ほかに、やりようがあるでしょう？」

「じゃあ、どうすればよかったっていうんだ？」

そう言われると、咄嗟《とっさ》には返す言葉が見つからない。口ごもるスフェーンに、ユークレースは不機嫌そうに肩をすくめる。

「おまえは、いつも、そうだ。つんけんしてばかりで、少しもかわいげがない」

「だって、それは、あなたが怒った顔ばかりしているからよ」

「俺は元々こういう顔だ！」

月明かりに、ユークレースの瞳がきらめいた。青い光を受けて、ユークレースの青い青い瞳が、さらに、深い青に染まる。

ふいに、なんだか、おかしくなった。

こんな時間に、こんな場所で、ふたり、声をひそめたまま言い争っているなんて、これじゃあ、まるで喜劇そのものじゃないか。

スフェーンが思わず笑うと、ユークレースも表情をゆるめた。

「わたし、そんなにつんけんばかりしている？」

そう聞くと、ユークレースが片方の眉だけを上げて答える。

「少なくとも、俺といる時はそうだな」

「いつも、わたしがそうだと思わないでね」

「どういう意味だ？」

「ほんとうのわたしはもっと素直なのよ。でも、ユークレースといると、どうしてだかわからないけれど、つい、意地を張ってしまうの」

ユークレースがスフェーンの腕を掴んだ。

「……それがおまえの手管か？」

「どういうこと？」

「そうやって、いつも、男を誘惑するのか？」

「違うわ……。わたしは……」

スフェーンは、ユークレースを振り払い、その青い青い瞳に背を向ける。

菩提樹の樹の下では、オリヴィンとアウィンが手を取り合って、何か語らい合っていた。

アウィンの薄青い瞳を見上げるオリヴィンのさわやかな緑の瞳が、いつになく、きらきらと光って見える。

（なんて、きれいなの……）

だから、わかった。恋を知らないスフェーンにも、否応《いやおう》なく、わかってしまった。

あれは、恋する乙女の瞳。

オリヴィンは、今、恋しい人を見るまなざしで、アウィンをじっと見つめている。

呆然とするスフェーンの視線の先で、ふたりの影が重なった。

恋人同士のキス。

愛し合うふたりの……。

あまりにも美しく神聖な光景に一瞬見入ったスフェーンは、次の瞬間、その意味することを悟って愕然《がくぜん》とする。

（嘘……）

オリヴィンが？

アウィンに恋をしている？

（そんな……！）

膝から力が抜けた。へなへなと土の上にうずくまりそうになる身体を、ユークレースが素早く支えてくれる。

ユークレースの顔も驚きのせいか強張《こわば》っていた。

互いに、何も言えないまま、ただ、愛し合う恋人たちを見つめる。

「……ユークレース……。あなた、知っていたの……？」

そう聞くと、ユークレースは小さく首を横に振った。

「いや……。まさかとは思っていたんだが、俺も、今、初めて知ったよ」

「アウィンさまは本気かしら……？　真剣に姫さまを愛していらっしゃると思う？」

「……たぶん、な……」

「……っ……」

「彼はほんとうに誠実な男だから、いいかげんな気持ちであんなことはしない」

心が叫ぶ。

(だめよ！　そんなの、だめ!!)

だって、アウィンが愛したのは、スフェーンではない。本物のスフェーンはここにいる。

(どうしよう……)

スフェーンは途方に暮れた。

こんなことになるなんて、予想外だ。

(最悪だわ……)

なんて、絶望的な恋。

だって、どんなに愛し合っていても、あのふたりが結ばれることは、決してない――――。

（もしかして、これは罰なの？）

五人の求婚者たちとちゃんと向き合わず、入れ替わりなんてくだらないことを思いついて、現実から逃げようとしたスフェーンへの報《むく》い？

（それなら、わたしにバチが当たればよかったのに……）

なんの罪もないオリヴィンに決して報われぬ恋の苦しみを与えるなんて、ひどい。ひど過ぎる。

（オリヴィンは、あんなにも恋にあこがれていたのに……）

スフェーンは、ユークレースの身体を押しやると、ふらふらと歩き出した。

「おい。オリヴィン。大丈夫か？」

「……平気よ……。ちょっと、眩暈《めまい》がしただけ……」

「部屋まで送っていこうか？」

「いいえ……。お気遣い、ありがとう……」

それよりも、今は、ひとりになりたい。ひとりになって考えたい。

菩提樹の樹の下では、恋人たちが熱く愛を語らっている。決して成就《じょうじゅ》することのない、束の間の愛を。

（どうしたらいいの……？）

どうすれば、オリヴィンとアウィンは結ばれる？

（無理よ……）

アウィンは、ユークレースも言うとおり、誠実でやさしい人に見える。オリヴィンのほんとうの素性を知っても、オリヴィンへの愛を捨てないかもしれない。

だが、周囲がそれを許すだろうか？

大国の第一王子とただの小間使いの恋を、笑って祝福してくれる人なんて、いるのだろうか？

（わたしのせいよ……）

オリヴィンは、この先、苦しむことになる。

いや、きっと、もう、苦しんでいる。

自分が偽《にせ》のスフェーン姫であることを打ち明けられないまま、アウィンをだましているという良心の呵責《かしゃく》に苛まれながら、それでも、なお、抗《あらが》いきれない恋の炎に身を焼いている。

（ごめんなさい……。ごめんなさい……。オリヴィン……）

オリヴィンのことが大好きなのに、オリヴィンにだけはしあわせになってもらいたかったのに、スフェーン自身がその思いを裏切ってしまった。

「オリヴィン……」

せつなくて、苦しくて、スフェーンは、すぐ近くにあった樹の幹にもたれ、大きく息をつく。

なんとか乱れた息を整え、裏口から宮殿の中に入ろうとすると、ふと、強い酒の匂いが鼻をかすめた。

「何……？」

振り向いたのとは反対の方向から、スフェーンの顔の上に大きな影が覆《おお》いかぶさってくる。

「誰……!?」

あわてて逃れようとすると、手首を掴まれた。

力任せに引き寄せられ、顔を近づけられる。

酒臭い。

たまらず息を止めると、ぞっとするような声がスフェーンの耳を穿《うが》つ。

「誰かと思ったら、生意気な小間使いか……」

エピドートだった。

「こんな時間に何をうろついている？」

それはこっちの台詞《せりふ》だわと思ったが、スフェーンは寸でのところでその言葉を飲み込んだ。エピドートのような男に、何を言ったところで無駄だ。

スフェーンが黙っているのは、エピドートに恐れをいだいているのだと勘違いしたのかもしれない。エピドートは、さらに高圧的に言った。

「おい。女。昼間は、よくも、恥をかかせてくれたな」

「……いえ……、わたしは、そのような……」

「黙れ！　口ごたえをするな！」

かなり酔っているのか、エピドートの呂律《ろれつ》はかなり怪しい。

少しでも早く逃げ出したい一心で、スフェーンは顔をそむけながら形ばかりの謝罪をする。

「……も、申し訳ございません……。殿下……」

スフェーンを従わせたと勘違いしたのだろう。途端に、エピドートはにやにやと笑った。

「わかればいいんだ。わかれば……」

「……はい……」

「ちょうどよい。こちらへきて酌をしろ」

「いえ……。わたしは……」

「遠慮をするな。吾は、本来であれば、おまえのような下賎の者は口を利くこともかなわぬ高貴な身分である。光栄に思うがよい」

逃げ出そうとすると、逆に、無理やり引き寄せられる。ひ弱そうに見えても、やはり、男の力は強かった。スフェーンには、振りほどくことはもちろん、もがくこともできない。

「おや……。よく見れば、なかなかの美形ではないか。小間使いにしておくには惜しい」

濁ったまなざしが、おぞましいほど近い距離で、スフェーンをじろじろと眺め回している。

「おまえさえよければ、吾の愛人のひとりに加えてやってもよいのだぞ。小間使いなどでは考えもつかぬような贅沢《ぜいたく》をさせてやろう」

あまりの気持ち悪さに、悲鳴を上げたくなった。なのに、喉に何か詰まってしまったかのように声が出ない。

(違う！　わたしはスフェーンよ。本物のベルフト王女よ！)

スフェーンは心の中で叫んだが、たとえ、それが唇から言葉となってあふれ出したところで、エピドートが信じるとは限らない。

エピドートの掌が身体を這い回る。首筋にかかる酒臭い息。

(いや……。こんなの、いや……)

気がつけば、その名前を呼んでいた。

「……ユークレース……」

一度見たら、決して忘れることはできないほどに、強い意志を帯びた青い青い瞳。

エピドートの狼藉から、二度もスフェーンとオリヴィンをかばってくれた。

届くわけがない。送ってくれると言うのを断って別れてきたばかりなのに。

それでも、今、スフェーンの心は、ただひとり、彼を求めている。

その声を聞いて、エピドートが鼻で笑った。

「ユークレース？　ああ。あの馬番か。おとなしそうな顔をして、まさか、あの馬番と出来ているのか？」

「……ちが……」

「処女でないのなら手加減してやることもあるまい」

エピドートの手がスフェーンの胸元を掴んだ。ローブの薄い生地が裂けて悲鳴を上げる。

(もしかして、これがわたしに与えられた罰なの？)

くだらない入れ替わりなんかで、結果的にオリヴィンを傷つけてしまった自分が受けなければならない戒《いまし》め。

(わたし、こんな罰を受けなければならないほどひどいことをしてしまったの？)

「……た…すけて……」

涙があふれた。

自分がしでかしてしまったことが恐ろしくて、心が壊れてしまいそう。

「……助け…て……。ユークレース……。ユークレース……！」

ふいに、身体の上から重みがなくなった。

何かがぶつかるような重い音がして、エピドートが地面にうずくまる。

「大丈夫か!?」

瞬間、スフェーンは、自分の頭がおかしくなってしまったのではないかと思った。

「ユークレース……」

どうして？

なぜ、ユークレースがここにいるの？

（まさか、幻？）

けれども、エピドートの目から隠すようにスフェーンを抱き留めたユークレースの胸は、とてもあたたかい。

「貴様……」

エピドートが、口元を手の甲で拭いながら、ゆらり、と立ち上がった。たぶん、ユークレースに殴られたのだろう。頬は赤く腫《は》れ、唇の端が切れて血が流れている。

「馬番！　なぜ、いつも、いつも、吾の邪魔をする!?」

ユークレースが言い返した。

「おまえが人の道に外れたことばかりするからだ！」

「おまえ、だと!?」

「おまえのような外道は敬ってやる価値もない。たとえ、生まれは高貴でも、その行いは卑しく、犬にも劣る！」

「言わせておけば……」

エピドートが懐から短剣を取り出した。離宮内での帯剣は厳禁だが、さすがに、書簡《しょかん》をしためる際にも使用される短剣の携帯までは禁じられていない。

エピドートの持ち物に相応《ふさわ》しく、装飾過多なほど色とりどりの宝石が埋め込まれた短剣だが、刃は鋭く、月光を弾いて剣呑《けんのん》な光を放っている。

スフェーンは、思わず、息を飲んだ。

危ない。

このままでは、ユークレースが刺されてしまう！

だが……。

エピドートが短剣を振りかざした瞬間、ユークレースは、スフェーンから離れ、一気にエピドートの胸元まで踏み込んだ。

ユークレースがエピドートの利き手を掴む。その強さに抗いきれず、エピドートが短剣を離した。

ぽとり、と短剣が地面に落ちるよりも早く、ユークレースがエピドートの鳩尾《みぞおち》に拳《こぶし》を叩き込む。

すべて、一瞬の出来事だった。瞬《まばた》き一つする間に、決着がついてしまった……。

ユークレースは、地面の上に伸びてしまったエピドートを一瞥《いちべつ》すると、スフェーンのそばに戻ってきた。

「おまえと別れてから、何か胸騒ぎがしたんだ。来てみてよかったよ。立てるか？」

スフェーンは首を横に振る。

足に全く力が入らない。無理に立ち上がろうとすると、よろよろとよろけて、再び地面にうずくまる始末だ。

ユークレースは、何も言わないまま、スフェーンを抱き上げた。

「あの……、わたし……」

「いいから、おとなしくしていろ」

部下に命令するみたいに厳しい声。なのに、それが無性《むしょう》にやさしく聞こえて、スフェーンは唇を噛む。

ユークレースがスフェーンを運び入れたのは、厩舎《きゅうしゃ》の中にある一室だった。おそらく、ユークレースに与えられた馬番のための部屋なのだろう。

蝋燭《ろうそく》にほの明るく照らされた室内は思った以上に片づいている。

質素なベッドと、同じく質素な、机、椅子が一脚ずつ。机の上には本が広げられていて、それが少し意外だった。ユークレースは文字が読めるのだ。

「どこか痛いところはないか？」

ベッドの縁に座らされ、そう聞かれて、スフェーンは首を横に振る。

「……大丈夫よ……。あなたこそ、怪我《けが》はない？」

「少し待っていろ。何か羽織るものを持ってくる。そんな格好、誰にも見られたくないだろう？」

はっとして胸元を見ると、ローブが破れて下着がむき出しになっていた。知らない間にボンネットが外れて、髪もひどく乱れている。

ようやく、ユークレースが、スフェーンの部屋ではなく、ここにスフェーンを運んだ理由がわかった。

いかにも『何かありました』といった風情で帰れば、きっと、周囲からいろいろと詮索されることになるだろう。乱暴されたと不名誉な噂《うわさ》が立つことだってあるかもしれない。

そんなことにならないよう、ユークレースは気遣ってくれたのだ。

(案外、やさしいのね……)

いまだかつて覚えたことのないゆるやかな熱が胸をしっとりと浸す。

いや、ユークレースがやさしいことなんて、ほんとうは、最初から知っていた。

だって、いつだって、ユークレースは、スフェーンが困った時に、どこからともなく突然現れて、スフェーンを助けてくれたではないか。

でも、そうと認めてしまうのが怖かった。

だって、認めてしまったら……。

自分でも掴みどころのない、どこか茫洋《ぼうよう》とした気持ちで、スフェーンが乱れた髪を解いていると、ユークレースが帰ってきた。

髪を下ろしたスフェーンを見て、ユークレースがわずかに目を細める。はちみつ色のやわらかにカールした髪が、スフェーンの胸と背中を豊かに覆っている。

「エピドートさまは？」

まず聞かなければならないのは、そのことだった。

ユークレースが眉を寄せる。

「なんだよ。いきなり、あいつの心配か？」

「違うわ。あんな人のことなんか心配していない。心配なのはユークレースのほうよ」

あの時、エピドートは気を失っているように見えたが、目覚めれば、再び大騒ぎをするかもしれない。エピドートのことだ。殴られた腹いせに、ユークレースを手討《てう》ちにすると言いかねない。

そうなったら、アウィンでもかばいきれるかどうか。

もちろん、悪いのはエピドートのほうだ。ユークレースは無体《むたい》な真似をするエピドートからスフェーンを守っただけ。

だが、エピドートはセルペンスの国王の弟で、ユークレースは、ただの馬番。

手討ちはともかくとしても、ユークレースは、きっと、なんらかの罰を受けることになるだろう。

「だいたい、相手は短剣を持っていたのよ。なのに、素手で飛び込むなんて、無茶もいいところだわ。怪我をしたら、どうするの？」

想像して、ゾッとする。思わず、声が震えた。

ユークレースにもそれが伝わったのかもしれない。ユークレースのまなざしが、ふと和らいだ。

「大丈夫だよ。心配しなくても。俺、鍛《きた》えてるから」

「鍛えてる？　馬番のあなたが？　兵士でもないのに？」

いいかげんなことを言わないでと、視線で責めると、ユークレースは肩をすくめる。

「とにかく、エピドートは、目を覚ましそうになかったから、そのまま、衛兵に突き出しておいた。酔っ払って伸びてましたよって、さ。相当酔ってたし、明日になったら、さっきのことなんて忘れてるかも」

そうかもしれない。確かに、かなり酒臭かった。

「昼間、ヴィノグラートの大公にやり込められたのが、相当悔《くや》しかったんだろうが、やけ酒にしても、酒癖が悪い。——って、エピドートは、酔ってなくても、あんなもんか」

楽しげに軽口を叩くユークレースの暢気《のんき》さが、なんだか、しゃくにさわる。

(わたしはこんなに心配しているのに)

そんな気持ちが、思ってもいない憎まれ口になる。

「おまえが誘ったんだろうって言わないの？」

怒るかと思ったけれど、ユークレースの青い青い瞳は穏やかだった。

「あの状況を見てそんなことが言えるほど、俺は無神経じゃないつもりだけど？」

「……」

「それとも、助けないほうがよかったのか？」

スフェーンは、すかさず、首を横に振る。

「助けてくれて、ありがとう。ほんとうはそう言いたかったの」

口にした途端、安堵《あんど》が胸の奥からこみ上げてきた。じわり、と涙が眦《まなじり》を濡らす。

「どんなにお礼を言っても足りないわ。ユークレース。あなたには助けてもらってばかりね」

ユークレースは、何も言わず、手にしていたショールを肩にかけてくれた。どこで借りてきたものかは知らないが、大ぶりの薄手の毛織物のショールは、エピドートに破かれた胸元をすっぽりと覆い隠してくれる。

「聞いてもいいか？」

珍しくためらいながら、ユークレースが言った。

「何？」

「パイロープはともかくとして、その……、ヴィノグラートの大公とは……」

歯切れの悪い言葉。

だが、スフェーンにはユークレースが何を言いたいのかすぐにわかった。

ユークレースは、たぶん、誤解しているはずだ。アルマンディンとスフェーンが深い仲にあるのではないかと。

　自分がスフェーンであることを明かして、アルマンディンとはスフェーンが生まれたころから家族ぐるみのつきあいであることを打ち明けられたら簡単なのだが、なぜか、それをユークレースに言いたくはなかった。

「アルマンディンさまとベルフト国王さまは、以前から親しくしておいでなの」

「え？　そうなのか？」

「ええ。スフェーン姫さまが生まれる前から、よくベルフトにもお越しになっているの。スフェーン姫さまは、アルマンディンさまのことを『おじさま』と呼んでいらっしゃるくらいよ」

　ユークレースが、少し、考え込むような表情になる。ユークレースの表情に伴って、青い青い瞳も様々な光を帯びるのを、スフェーンは初めて知った。

「じゃあ、おまえがヴィノグラートの大公と親密にしているのは？」

「親密になんてしてないわ」

「いや。している。少なくとも、俺の目には特別親密に見えた」

　それは、アルマンディンがユークレースをからかっただけ。もっとも、なんの目的があってそういうことをするのかはわからない。アルマンディンのように酔狂《すいきょう》な人の心の内など、スフェーンには推《お》し量《はか》る術《すべ》もないのだから。

「わたしも姫さまの小間使いとして、アルマンディンさまには何度もお会いしているから、傍《はた》からは、そう見えるのかもしれないわね」

「では、おまえはヴィノグラートの大公のものではないんだな？」

「わたしは、まだ、誰のものでもないわ」

「ほんとうに、ヴィノグラートの大公に特別な気持ちはいだいていないんだな？」

あまりにもユークレースがしつこいので、スフェーンは、思わず、小さく噴き出した。

「あの方がいくつだと思っているの？　わたしの父と同じくらいの年よ」

「男と女の間に年齢は関係ないだろう？」

「だとしても。そんなこと、考えたこともないわ。だって、アルマンディンさまと一緒にいたって、少しもドキドキしないもの。それこそ、血のつながった親戚のおじさまと一緒にいるのと同じよ」

「じゃあ、俺は？」

問われて顔を上げると、びっくりするくらい近くに青い青い瞳があった。

「俺と一緒にいると、ドキドキするか？」

指先を握られる。大きな手。とても力強く、そして、あたたかい……。

どくん、と鼓動が大きく跳ねた。ドキドキなんて、そんな生易《なまやさ》しいものじゃない。内側から、何か木槌《きづち》のようなもので激しく叩き続けられでもしているかのように、胸は高鳴っている。

「……だめ……。離して……」

スフェーンは、顔をそむけ、ユークレースの手の中から自分の指を引き抜こうとしたけれど、ユークレースはそれを許さない。

「答えろよ。俺と一緒にいるとドキドキするか？」

「……わ、わたし……」

「俺はドキドキする。おまえといると自分が自分でなくなる気がする。こんな気持ちになったのは初めてだ」

ユークレースのまなざしに翳が落ちる。

「昼間、ヴィノグラートの大公がエピドートを諫《いさ》めるところを見ただろう？」

もちろん、見ていたが、ドキドキし過ぎて、スフェーンはうなずくこともできない。

「頭ごなしに怒鳴りつけたところでエピドートのような男は、いっそう頑なになるだけだ。わかっていても、俺は正面からぶつかっていってしまう。でも、あの方は……」

ユークレースが悔しげに唇を噛み締める。

「打ちのめされた気分だったよ。あの方には絶対にかなわないと思い知らされた気がした。あの方は大人だ。きっと、俺よりも、ずっと上手におまえを、かわいがり、甘やかし、愛することもできるんだろうな」

そうかもしれない、とスフェーンも思う。事実、アルマンディンは、いまだにスフェーンのことを幼子《おさなご》のように甘やかしてくれる。

「正直、俺は、絶望しかけていたんだ。もしも、おまえが既にヴィノグラートの大公のものであったなら、あの方からどうやっておまえを奪えばいいのかと途方に暮れていた。……でも、おまえは違うと言ってくれた……」

「……ぁ……」

「おまえが、まだ、誰のものでもないというのなら、どうか、俺のものになってくれ」

ささやきが近づいてくる。吐息が唇に触れ、それから……。

あと少しで唇と唇が触れ合う。正に、その寸前のところで、スフェーンは顎《あご》を引いて逃れた。

「……だめよ……。こんなの、だめ……」

「どうして？」

「だって……」

「それなら、なぜ、あの時、俺の名前を呼んだ？」

ユークレースの言う『あの時』とは、つまり、エピドートに乱暴されそうになった時のことだろう。

そんなこと聞かれたってわからない。気がつけば、ユークレースの名前を呼んでいた。

「おまえが俺の名前を呼ぶ声が聞こえたから、俺はおまえを見つけることができた。おまえをエピドートから守れた」

「……わたし……」

「俺はおまえを求めている。おまえも俺を求めていると思ってもいいんだろう？」

違う、とは言えなかった。

あの時、あの瞬間、スフェーンの胸を占《し》めていたのは、ユークレースの青い青い瞳だけだった。

「好きだよ。きっと、最初から。おまえのそのきらめく緑の瞳が、俺の心を捕らえて離さない」

「あ……」

頭の中が真っ白になったみたいに、何もわからなくなった。

好き？　好き？

ユークレースがわたしを好き？

それなら、わたしは？

わたしはユークレースのことをどう思っているの？

(わたしも、ユークレースのことが、好き？)

だから、ユークレースにだけは、素直になれなかったの？

だから、ユークレースの前では、いつもの自分でない自分になってしまっていたの？

(だから、あの時、ユークレースの名前を思わず呼んだの？)

頬が、カーッ、と熱くなった。高鳴る心臓は、今にも胸を破って、飛び出してきそう。

好き？　好き？

今、この胸にあるのが、『好き』という感情だということ？

これが恋するということなの？

「わたし……」

「黙って……」

ユークレースの唇が近づいてくる。

（え？　えーっっっ？）

逃げる暇もなく、唇と唇が触れ合った。

瞬間、スフェーンは、ぎゅっと硬く目を閉じ、首をすくめる。

ユークレースが、くすり、と笑った。

「もしかして、キスをするのは初めて？」

悔しかったけれど、こんなことで嘘をついても仕方がない。

スフェーンが小さく、こくん、とうなずくと、ユークレースは、もう一度、スフェーンの唇に唇で触れ、甘くささやく。

「かわいい」

「あの……、わたし……、わたし……」

「疑って悪かったな。今のおまえを見ていたら、勝手に嫉妬《しっと》に狂っていた自分がバカみたいに思えてくる」

ユークレースの掌がスフェーンの巻き毛をそっと撫でた。ユークレースがそのひと房にくちづけを落とすのを目にした瞬間、身体の芯を甘い痺《しび》れが駆け抜けていく。

（なんなの？　これ……）

ユークレースの広い胸に抱き締められ、そのぬくもりに包まれて、ゆるゆると身体が溶けてしまいそう。

（なんて、気持ちいいの……）

思わず、小さく吐息を漏らすと、耳元でユークレースが甘くささやいた。

「愛してる……」

「……ぁ……」

「俺は、きっと、おまえに会うために、生まれてきたんだ。オリヴィン」

だが、ユークレースがその名を口にした瞬間、スフェーンは全身から一気に血の気が引いていくのを感じた。

残酷《ざんこく》な現実が押し寄せてくる。

自分は小間使いのオリヴィンではない。ベルフト王国の王女スフェーンだ。

（ユークレースが愛しているのは、わたしじゃない……）

入れ替わりによって生まれた、偽者の小間使い――。

「だめよ……！　だめ……」

スフェーンは、思わずユークレースを突き飛ばしていた。

まさか、スフェーンがそんなふうに抵抗するとは思ってもいなかったのだろう。ふいをつかれて、ユークレースの身体が離れる。

スフェーンは、ユークレースがかけてくれたショールを、引き寄せ、心ごと隠すように身体に巻きつける。

ユークレースは、顔をそむけるスフェーンの肩を両手で掴み、強引に引き寄せた。

「何がだめなんだ？　俺はおまえが好きだし、おまえだってそうだろう？　俺たちは愛し合っている」

「違う……。愛し合ってなんかいないわ……」

「嘘をついてもわかるぞ。おまえのその緑の瞳が言っている。俺を愛していると、何よりも正直に俺に教えてくれる」

「そんなこと……」

あるはずがないと言おうとした言葉をスフェーンは飲み込む。

菩提樹の樹の下。月明かりに照らされてアウィンの薄青い瞳を見上げるオリヴィンのさわやかな緑の瞳は、きらきらと光っていた。

恋を知らないはずのスフェーンでさえ、一瞬で、恋をしている目だとわかるくらい、美しく輝いていた。

あるいは、自分のこの緑の瞳も、ユークレースを見つめる時、オリヴィンがアウィンを見る時と同じように輝くのだろうか？

決して結ばれることのない悲しい恋に、せつなく瞬《またた》いて見せるのか。

スフェーンは押し潰《つぶ》されたような喉からなんとか声を絞り出す。

さっきまでの甘い気持ちは、とうに消え去っていた。

胸をいっぱいに満たしているのは、重く苦しい後悔だけ。

「だめよ……。だって、わたしたちが結ばれることはないもの」

「どうして？」

「あなたはアウィンさまの馬番で、わたしはスフェーン姫さまの小間使いよ」

「それがどうした？」

「たぶん……、たぶんだけど、スフェーン姫さまはアウィンさまとは結婚なさらないと思う」

たぶん、ではない。絶対だ。自分は、アウィンだけは決して選ぶことはないだろう。

「姫さまがどの方をお選びになっても、わたしは姫さまについていく。だから、わたしがドレイクに行くことはないの。ユークレースと一緒には生きられない」

スフェーンの嘘に、ユークレースが言葉に詰まる。

「……だとしても、俺はあきらめない」

「ユークレース」

「おまえを俺の妻としてドレイクに連れて帰れる方法を考える。絶対に、なんとかしてみせる」

「無理だって言ってるでしょう？」

これだけ言ってもわかってくれないユークレースに腹が立ったが、その一方で、冷え切った心の中に火が灯る。

あきらめない、と言ってくれた。

妻に、と望んでくれた。

愛されている。自分はユークレースに愛されている。

愛した人に愛される。これが奇蹟《きせき》でなくてなんだろうと、心が歓喜の声を上げる。

でも……。

「だめなのよ……。ユークレース……」

スフェーンはユークレースを見上げた。

青い青い瞳には強い輝きが宿っている。まぶしいほどにきらめいて、スフェーンを見下ろす。

(この瞳が、好き……)

唇がわななく。

鼻の奥が、つん、と痛くなって、眦が熱くなった。

「お願い。わかって」

それ以上、ユークレースを見ていられなかった。

ショールの前をかき合わせながら、ベッドから立ち上がり、部屋を飛び出す。

「オリヴィン！」

背中からユークレースの声が追いかけてきた。

それが自分のほんとうの名前でないことが、悲しくて、苦しくて、涙があふれた。

◇◇◇

音楽堂にはバイオリンとクラブサンの妙《たえ》なる調べが流れていた。

たいそう有名な作曲家が、今年、書き下ろしたばかりのオペラ曲だそうだ。

歌っているのはラリマール。

信じ難《がた》いことに、ラリマールには声楽の才能があったらしい。

先ほどから、張りのある声が朗々《ろうろう》と響き渡っているが、しかし、スフェーンの耳にはまるで届いてこない。

胸の中はユークレースのことでいっぱいだった。

寝ても醒《さ》めても、ユークレースのことばかり考えている。

耳の中では、今でも、ユークレースの声が響いているよう。

『愛してる。かわいいスフェーン』

スフェーンは深い深いため息をついた。

（ほんと、妄想《もうそう》って、なんて、便利にできてるのかしら）

ユークレースは一度だってスフェーンのことを『スフェーン』と呼んだことはない。当たり前だ。スフェーンのことは、小間使いのオリヴィンだと信じているのだから。

なのに、スフェーンの心は、ほんとうの名前を呼んでほしいというスフェーンの願望を読み取って、勝手に変換してしまう。妄想の中のユークレースに『スフェーン』と呼ばせる……。

（我ながら、重症だわ）

恋をしたいと思わなかった。

あこがれてはいたけれど、自分には恋なんてできないはずだった。

だけど、恋は一瞬でやってきて、スフェーンを虜《とりこ》にした。

お陰で、身動き一つできない。からめ取られ、縛られて、吐息さえもがユークレースに染まっていく。

（ユークレース……）

ユークレースはあきらめてくれただろうか？

あのあと、ちゃんと理性を取り戻して、スフェーンの言うことが正しいと理解してくれた？

そうであってくれたらいい。

思う一方で、それではいやだと泣く自分がいる。

（だめよ。あきらめなさい）

にべもなく自分自身に言い放って、スフェーンは再びため息をついた。

顔を上げると、すぐ目の前で、オリヴィンが同じようにため息をついている。オリヴィンの耳にも、スフェーン同様、ラリマールの歌声は届いていないようだ。

おそらく、オリヴィンの心の中は、アウィンのことでいっぱいになっていて、ラリマールが入り込んでくる隙など少しもないに違いない。

（オリヴィン……）

オリヴィンの胸の内を思うと、スフェーンの胸は自分のことを考える時以上に痛んだ。

オリヴィンは何も言わない。

自分がアウィンを好きになってしまったことも、そして、たぶん、アウィンもオリヴィンを愛していることも。

オリヴィンはやさしい娘だ。スフェーンがそれを知れば悲しむとわかっていて、ひとりで耐えているのだろう。

（かわいそうな、オリヴィン……）

いっそのこと、言ってしまおうか。オリヴィンとアウィンがキスしているのを見てしまったと、ほんとうのことを打ち明けようか。

でも、そうしたところで何がどうなるわけでもない。

オリヴィンはアウィンとは決して結ばれない。

オリヴィンの恋は、もう、終わったも同じだ。

スフェーンの恋と同様に。

気がつけば、いつの間にか、ラリマールの歌が終わっていた。

「いかがでしたか？」

オリヴィンにそう問いかけるラリマールは、いかにも、自信満々といった様子。

(どうしたら、あんなに自信過剰でいられるのかしら？)

あきれる一方で、スフェーンは、こういうのも悪くないかもね、とどこか遠い気持ちで考える。

ある意味、ラリマールはわかりやすい。

日々『あなたはすごいわね、あなたはいつも完璧ね』とラリマールをおだてることを心がけ、自分が失敗した時には『あなたのように完璧になれない自分が悪いの』としおらしい顔をしていればいろいろうまく収まるだろう。

それはそれで、面倒くさくない人生なのかも。もちろん、ロマンはちっともないが。

(もう、いっそ、ラリマールでいいわ)

かなり投げやりになってそんなことを考えていると、ラリマールとオリヴィンが連れ立って音楽堂から出ていく。

どうやら、裏庭のハーブガーデンへ行くらしい。誘ったのはオリヴィンだが、なかなかいい作戦だわ、とスフェーンは思った。

ラリマールに「次はスフェーンさまの腕前を見せてください」なんて言われでもしたら困る。スフェーンはクラブサンも弾けるし歌も歌えるが、オリヴィンはそうではないからだ。

スフェーンは、ハーブガーデンの中の小道を散策するふたりを、少し離れた場所から、小間使いらしく慎ましやかな態度で見守る。

ラリマールと肩を並べながら、その言葉に時折うなずくオリヴィンの瞳は、以前と同じさわやかな緑。

だが、あの緑は、アウィンの姿を認めた途端、驚くほど豊かに輝くのを、スフェーンは知ってしまった。

菩提樹の樹の下で、恋しい人を見つめていたオリヴィンの、あのまなざしを思うたび、スフェーンの胸は、何か神々《こうごう》しいものにでも触れているような、敬虔《けいけん》な気持ちで満たされる。

できるものなら、成就させてあげたい。

このままオリヴィンをスフェーンとして、アウィンの元に嫁がせることができたなら！

そうすれば、自分は、オリヴィンとして、ユークレースの妻になれる。

そうして、オリヴィンとふたり、ドレイク王国に行ってしあわせになる……。

ありえない夢に、一瞬だけ、気分が浮き上がったが、すぐに、気持ちは、それ以上の重みを伴って、胸の奥深くに沈んでいった。

(そんなこと、できるわけがないわ)

まず、父であるベルフト王がそれを許さないだろう。

たとえ、許したとしても、一生、アウィンとユークレースをだまし続けることになる。

大好きな人に嘘をついたままでしあわせになんかなれるわけがない。

スフェーンは、いつまでもズキズキと疼《うず》き続けて止まない胸の痛みを、唇を噛み締め、こらえる。

あたりでは、早咲きのラベンダーがそろそろほころびはじめていた。細い枝いっぱいについた蕾からは、もう、官能的な香りが漂い始めている。

スフェーンは、屈んで、その濃い紫色をした蕾に指先で触れてみた。

ラベンダーの香りは気持ちを静める作用があるという。

早く咲けばいい。

あたり一面ラベンダーの香りでいっぱいになれば、きっと、自分の心も、もっと、もっと、静かになるだろう。

そうすれば、忘れられる。

ユークレースのことなんか何もかも、心の中から消えてしまう。

そうして、自分は、誰かの花嫁になるのだ。ユークレースではない人の妻に……。

「早く、咲きなさい……」

たまらずささやきかけた言葉に、思いがけず、返事があった。

「……ラベンダーが好きなのか？」

驚いて振り向けば、そこにユークレースがいる。

途端に、ドキン、と胸の鼓動が高鳴った。

スフェーンは、それを隠すように両手で胸元を押さえ、ユークレースから顔をそむける。

「話しかけないで」

「どうして？」

「理由は昨夜言ったはずよ」

「俺はあきらめないと言ったはずだ」

鼓動がさらに速くなる。頬が熱い。

口調は、まるでこれから決闘にでも行くみたいに荒々しかったが、それは、紛《まぎ》れもなく愛の言葉だ。

「もう一度、話し合おう。夜、出てこれないか？」

「そんなの、無理に決まってる」

「じゃあ、俺がおまえの部屋に行く」

「それこそ、無理よ！」

「無理だと思えば何もできない。選べ。おまえが出てくるか、俺がおまえの部屋に行くか。どっちだ？」

これは、もう、既に脅迫だった。

それなのに、胸のどこかが、じわり、と甘くとろけ出す。求められていることに、歓喜の声を上げる。

「……わかったわ……。わたしが行く……」

そうするしかなかった。

夜中にスフェーンの部屋にユークレースが忍んでくるところを誰かに見られでもしたら、いったい、どんな騒ぎになることか。

「場所はここでいいか？」

「ええ……。いいわ……」

ユークレースに背を向けたままでうなずくと、ふいに、強い力で抱き寄せられた。

「だめよ……。誰かに見られたら……」

「誰も見ていない。この花が俺たちを隠してくれる」

すぐ近くで、紫色の花が揺れていた。マロウだ。ユークレースの背よりも高く伸びた枝の先には、まろやかな蕾が並んでいる。

思わず、青い青い瞳を見つめると、すぐに、唇を唇で塞《ふさ》がれた。

昨夜とは違う、熱っぽいキス。

獰猛《どうもう》で、貪欲《どんよく》で、いっさい隠されることのない情熱が、スフェーンの心をも焼き尽くしてしまいそう。

もう一度、ぎゅうっと強い力で抱き締めたあと、ユークレースは名残惜《なごり》しげにスフェーンの身体を離した。

「俺は待っている。おまえが来てくれるまで、ずっと、待っているから……」

「ユークレース……」

「忘れないでくれ。俺がおまえを愛しているってことを」

ユークレースがスフェーンに背中を向けて去っていく。

広い背中が、背の高いマロウの向こうに消えていった途端、スフェーンは身体の中が空っぽになったみたいな感覚に襲われた。

肩にも、背中にも、そして、唇にも、ユークレースのぬくもりがまだ残っているような気がするのに、なぜか、とても淋しい。

もっと、抱き締められたかった。

ユークレースのぬくもりに包まれていたかった。

もっと、もっと、キスしたかった……。

スフェーンは、掌で口元を押さえ、今にもこみ上げてきそうな嗚咽《おえつ》をこらえる。

ほんとうに、忘れられるのだろうか？

こんなにもユークレースを恋しがって疼く気持ちが消えていく日がくるのだろうか？

（お願いだから、これ以上、好きにさせないで……）

でなければ、自分は、ユークレースのいない日々に耐えられなくなってしまう。

輝くような晴天とは裏腹な暗澹《あんたん》たる気持ちを少しでもなんとかしようと、深呼吸を繰り返していると、ラリマールが別れの挨拶をしているのに気づいた。

まだ時間の余裕はたっぷりあるはずなのに、相変わらず毎日忙しいらしいラリマールは、今日もさっさと自室に帰って、仕事とやらをするつもりのようだ。

急いでオリヴィンの元に戻り、スフェーンは慎ましやかに頭を下げる。少しでも態度が気に入らないと、ラリマールは、すぐに、憮然《ぶぜん》とした表情になってにらみつけてくるので、ほんとうに、気が休まらない。

だが、得意の歌を披露できたせいか、ラリマールの機嫌は上々のようだった。微笑みさえ浮かべて、スフェーンの前から辞そうとしたラリマールだったが、ふいに、足を止めて、思い出したように告げる。

「そういえば、エピドート殿はセルペンスにお帰りになったそうですね」

スフェーンは驚きの声を思わず飲み込んだ。

聞いていない。いつの間に、そんなことになったのだろう？

「なんでも、お加減を悪くされたとか。お気の毒なことです」

さして、気の毒でもなさそうに、ラリマールは言う。

「あるいは、いささか、酒を過ごされたのかもしれませんね。この機会に、少し、控えられたほうがよいでしょう」

ラリマールの言葉は、その半分もスフェーンの耳に届いてはいなかった。

また、あんなひどいことをされたらどうしようと、内心とても怖かったから、エピドートがいなくなってくれて大歓迎だ。

（でも、大丈夫なのかしら……）

具合が悪くなったって、まさか、昨夜、ユークレースがスフェーンをかばった時に、何か大怪我でもさせてしまったのではないだろうか？

もし、そうなら、あとでユークレースが何か報復《ほうふく》を受けるかもしれない。

なんといっても、家臣なんて家畜以下だと思っているような男だ。他国の家臣であっても、遠慮なんてするまい。

ユークレースの身を案じながらも、スフェーンはそんな自分にため息をつく。

どんな時でも、まず、一番にユークレースのことを考えてしまう。ユークレースのことが、馬鹿みたいに、心配でたまらない。

（これが『好き』ということなのね）

自分がどれほど深くユークレースを愛しているのか、改めて、わかった気がして、スフェーンは、再び、大きく、深い、ため息をついた。

◇◇◇

夜になった。

昨日同様、スフェーンは、こっそり部屋を抜け出し、裏木戸から外に出た。

下働きの使用人たちが使うこの木戸は、夜になっても開いているし、番をする兵士もいない。

この無用心を、知っていて誰も咎めないのは、ベルフト王国がそれだけ平和で治安もよい国だからだ。

オリヴィンは、スフェーンが様子を窺《うかが》っているとも知らないで、今夜も、こっそり部屋を出ていった。

あるいは、オリヴィンも、この木戸を通って外に出たのかもしれない。

待ち合わせ場所は、あの、菩提樹の樹の下だろうか？

オリヴィンは、きっと、また、緑の瞳でアウィンの薄青い瞳を見上げるだろう。

初めての恋に豊かに輝く美しいまなざしで、アウィンをいとおしげに見つめるだろう……。

止めようと思えば、できたのかもしれない。

決して結ばれぬつらい恋などあきらめたほうがいいと諭《さと》すことも。

でも、スフェーンはそうしなかった。

せめて、今だけでもふたりきりにしてあげたい。許された時間を精いっぱい使って、束の間の恋に心のすべてを委ねられるように。

（でも、わたしは……）

胸に渦巻く迷いを振り切れないまま、スフェーンは裏庭へと急いだ。

今夜も月が美しい。

月光がコーンフラワーの青い花を、さらに、青く青く染めている。

（まるで、ユークレースの瞳のようだわ）

思わず立ち止まった途端、強い力で抱き締められた。

悲鳴を上げなかったのは、強い腕のぬくもりを覚えていたから。

ユークレースと出会って、まだ、ほんの数日。

なのに、スフェーンの肌は、こんなにも、ユークレースの存在に馴染《なじ》んでいる。

ユークレースは、スフェーンに素早くくちづけると、額と額を合わせ、熱っぽくささやいた。

「来てくれないかと思っていた」

いったい、いつから待っていたのだろう？　ユークレースの肩は夜の風にしっとりと冷えている。

スフェーンは、ユークレースの胸を両手で押しやると、手にしていたものを押しつけた。

「これを返しにきたのよ」

昨夜、借りたショールだ。

よく見ると、それは上等な薄手の毛織物で、控えめながら、全体に丁寧な刺繍《ししゅう》が施《ほどこ》されていた。おそらく、かなり高価なものだろう。少なくとも、このままもらいっぱなしにしていいような代物ではなかった。

「どこから借りてきたのか知らないけど、それ、とても、いいものよ。ちゃんと返しておいてね」

そう言うと、ユークレースがそっと微笑む。

「これは、アウィンさまの母上が、出立《しゅったつ》の際、持たせてくださったものだ」

「アウィンさまの？」

「ああ。道中寒くないようにと、二枚。アウィンさまの分と、俺の分」

「あなた、そんなたいせつなものを、わたしに借したりして、いいの？」

驚いて、スフェーンは目を丸くした。

アウィンの母親といえば、ドレイク王妃ではないか。ということは、あの刺繍は、王妃の手によるものかもしれない。

だが、ユークレースはなんでもないことのように笑ってみせる。

「大丈夫だよ。王妃さまはそのようなことでお怒りになるような方ではない。とても、やさしい方なんだ」

「……それは、わかる気がするけど……」

「わかる？　なぜ？」

「アウィンさまも、とっても、やさしそうな方ですもの。そのお母さまも、きっと、おやさしいんでしょうね」

スフェーンの言葉に、ユークレースがかすかに眉を曇《くも》らせる。

何か悪いことを言ってしまったのだろうか。ドレイクは古くより勇猛果敢《ゆうもうかかん》をもってする国。あるいは、ドレイクの人にとっては、『やさしい』は褒め言葉にはならなかったのか。

「とにかく、渡したから。もう、帰るわ」

スフェーンは、早口でそう言って、踵《きびす》を返そうとした。これ以上ユークレースといたら、あまりにもドキドキし過ぎて、心臓がもたない。

だが、一歩も歩き出さない内に、後ろから腕を掴まれ、引き戻された。

「待てよ」

「……離して……」

「話をしようって言っただろう？」

「わたしには話なんてないわ」

「オリヴィン！」

たしなめるように鋭く言われて、スフェーンは黙り込む。

よく通る、なめらかな声。ユークレースは、そんなところも力強く端正《たんせい》だ。

「オリヴィン。何を怖がっている？」

「わたしは、怖がってなんて……」

「怖がってるよ。どうして？　俺には言えないこと？」

言えない。言えるわけがない。

仕方なく、唇は口にできる精いっぱいの言葉を探す。

「だって、こんな気持ち、初めてだから、どうしていいのかわからないの……」

「オリヴィン……」

ため息のようにその名を呼び、ユークレースがスフェーンの身体をそっと抱き締めた。

スフェーンはユークレースの腕の中で身を強張らせる。

その名前で呼ばれたくない。ほんとうの名前を呼んでほしい。

心が悲鳴を上げる。

わたしは、オリヴィンじゃないわ！　スフェーンよ!!

そんなスフェーンに、気づいていないのか、あるいは、気づいてはいても別の理由によるものだと誤解しているのか、ユークレースは、かまわず、スフェーンの頬にキスをして、ひそやかに問いかけた。

「オリヴィン。オリヴィンには兄弟はいるのか？」

「ええ」

とスフェーンはうなずく。

「兄がいるわ」

答えてしまってから、オリヴィンが長女だったことを思い出す。弟がふたりと、妹がひとり。きっと、やさしいお姉さんなのだろう。

「ご両親は？」

「ふたりとも元気よ。とても、仲がいいの」

ベルフト王とベルフト王妃も国のための政略結婚をしたはずだ。

顔も知らない相手とでも、長年連れ添っていれば、父と母と同じように、いずれは信頼し合える。

それが、スフェーンの唯一の心の支えだったが、どうやら、自分には、そんな奇蹟、起こりそうもない。

ユークレースが何か考え込むような表情をした。

「そうか……。では、そう簡単にはいかないかな……」

「どういうこと？」

「ドレイクのしかるべき家の養女になってはどうかと思ったんだ」

「養女？　もしかして、わたしが？」

「ああ。そのほうが、王女殿下の小間使いをこのまま妻にするより、いろいろと問題が少ないからな」

なんで、そんな面倒なことを？

聞こうとして、スフェーンは、はっとした。

もしかしたら、ユークレースは名家の出身なのかもしれない。ただの小間使いを妻にするのは難しい身分。

たとえば、貴族、とか……。

もし、そうだとしたら、いろいろうなずけることもある。

ただの馬番なら読み書きなどできないだろうに、ユークレースは本を読んでいたし、エピドートを撃退《げきたい》した手際《てぎわ》も見事だった。どちらも、良家の子弟《してい》としてそれなりの教育を受けていたというのなら納得できる。

あるいは、ユークレースはアウィンの護衛《ごえい》なのかもしれない。『馬番』などと名乗ったのは、ベルフト国王に警戒されるのを恐れたのか。

いずれにしろ、一国の王子の護衛ともなれば、護衛につく兵士もそれなりの身分の者だろう。

スフェーンは、重苦しい胸に、一筋の光が射すのを感じた。

貴族。ドレイク王国の貴族となら、結婚できるかもしれない。

下級の貴族では難しいけれど、公爵家であれば、ベルフト王国の王女が嫁いだ例が過去にもあったはずだ。

もしも、自分のこの推理が正しければ、自分はユークレースと結婚できる。

この恋をあきらめなくてもいいのだ。

だが……。

胸に射した光は、すぐに、薄れ、消えてなくなった。

自分はそれでしあわせになれるかもしれない。

(でも……、オリヴィンは、どうなるの？)

アウィンは第一王子。いずれは王となり、ドレイク王国を治める身だ。

小間使いのオリヴィンがアウィンと結ばれるのは、人が空を飛ぶよりも難しいことだろう。

自分だけしあわせになるわけにはいかない。

オリヴィンを苦しい恋に追いやったのはスフェーンなのだ。

そのスフェーンがしあわせになって、オリヴィンは、ひとり、恋をあきらめるなんて、そんなの、誰が許しても、スフェーン自身が許せない。

(やっぱり、あきらめるしかないのよ……)

最初から、かなわない恋だったのだ。

出会ってはいけない人だった。

「養女だなんて、バカなことは考えないで」

スフェーンは、そう言って、ユークレースを見上げる。青い青い瞳は、青い月の光のせいか、しっとりと憂《うれ》いを含んでいる。

「バカでもいい。それで、おまえを手に入れられるなら」

「ユークレース！」

「それじゃ、おまえは、俺がおまえ以外の女を妻と呼んでも平気なのか？」

その光景を想像した途端、ズキン、と胸が重く疼いた。

(いやよ……。そんなの、いや……)

ユークレースが、自分以外の誰かを腕に抱き、笑いかける。「愛してる」とささやき、そして……。

考えるだけで、胸が張り裂けそうだ。

それでも、スフェーンは、力を振り絞り、喉から声を押し出す。

「仕方がないわ……。仕方がないことなのよ……」

「俺は、いやだ」

ユークレースの強い腕がスフェーンをかきいだく。

「おまえが、ほかの男の花嫁になるなんて、絶対に、我慢できない」

「……ぁ……」

「愛してるんだ。オリヴィン。おまえのことを考えると、胸が破れそうになる。こんな激情が俺の中に潜《ひそ》んでいたなんて、俺自身も知らなかった」

耳に触れる吐息は、熱病でも患《わずら》っているかのように、熱く、苦しげだ。

スフェーンは、どうしていいのかわからない。ただ、ユークレースの腕の中で身をすくめているばかり。

「オリヴィン……。愛しい、オリヴィン……」

ささやきの合間に、唇がうなじを這う。そのたびに、ぞくぞくするような熱い痺れが立ち上る。

「お願いだ。俺と共に生きると言ってくれ」

「……わ、わたし……」

「おまえのいない人生なんて考えられない。どうか、俺から愛を奪わないでくれ」

だめ、と言わなければならない。そんなことはできないと拒絶しなければ。

なのに、次第に、頭の中に熱がこもったようになって、何も考えられなくなる。身体の芯が燃えるように火照《ほて》り、腕も、足も、指先にさえ、力が入らない。

されるがままのスフェーンに、ユークレースはくちづける。

耳。首筋。鎖骨《さこつ》のくぼみ。大きく開いたローブの胸元。そして……。

気がつけば、濃紺の夜空を見上げていた。目に染みるほどに清冽《せいれつ》な青い月の光。

ローブとペチコートの裾《すそ》をかき分けて入ってきたユークレースの掌が、下着の上からスフェーンの大腿《ふともも》を撫でる。薄くて繊細なリンネルは、遮ることなく、ユークレースの掌のぬくもりをスフェーンに伝える。

「……っ……」

びくん、と身体が跳ね上がるような震えが背筋を走り、スフェーンは小さく息を飲んだ。

月を背にして、スフェーンを見下ろしているのは、青い青い瞳。抑え難い熱情を宿したそのまなざしは、夜空の星よりもまぶしく輝いている。

ユークレースの唇が静かに近づいてきた。

抗うことなどできなかった。何か、性質《たち》のよくない悪霊に魅入られてしまったかのようだ。

だめなのに。こんなこと、してはいけないのに。

なのに、いつしか、スフェーンは睫《まつげ》を伏せている。

ユークレースのキスを受け入れるために。

その時……。

ふいに、すぐ近くで、ガサガサと音がした。

ユークレースが、機敏《きびん》な動作で身を起こし、身構える。

生い茂るコーンフラワーの陰から顔をのぞかせていたのは、一匹の野うさぎ。

ユークレースは、その青い青い瞳を驚いたように大きく見開き、それから、肩の力を抜いて、小さく笑う。

「よくも邪魔をしてくれたな」

野うさぎは、わけがわからないといったように小さく首を傾げると、そのまま、どこかへ、ぴょん、ぴょん、と去っていった。

スフェーンは、はっと我に帰り、あわてて、乱れた裾や胸元を整える。

ユークレースの視線が再びスフェーンの上に戻ってきたが、その青い青い瞳からは、もう、先ほどのような熱情は失われていた。

「アナトリの森から迷い込んできたのかな」

そう言いながら、ユークレースはスフェーンを抱き起こした。

カミツレの褥《しとね》から、林檎《りんご》の香りが、ふわり、と立ち上る。スフェーンとユークレースのふたり分の身体の重みを受け止めて、カミツレは少しつぶれかけていたけれど、元々芝生代わりにするような丈夫な植物だ。すぐに立ち上がって、明日には、また、元気な姿になる。

「森の動物には、国境も、門も、身分も、何もないもの」

スフェーンがそう言うと、ユークレースは少しせつなそうな顔をした。

「人間もそうだったらいいのに」

「そうね……」

そうしたら、小間使いのオリヴィンと、大国の王子であるアウィンも、なんの障害もなく結ばれることができるだろう。

そして、ベルフト王国の王女であるスフェーンと、馬番のユークレースも……。

だが、言っても詮無《せんな》いことだった。

動物には動物で、生きるための苦労がある。

人間は人間で、その時々でまちがいながらも、互いがよりよく生きられるよう工夫して今の仕組みを作り上げてきたのだということを、スフェーンは歴史から学んでいる。

「もう行って」

スフェーンが言うと、ユークレースが首を横に振った。

「送っていくよ」

だが、スフェーンは、スフェーンの肩を抱こうとしたユークレースを押しのける。

「だめよ。誰にも見られたくないの」

「オリヴィン……」

「それに、エピドートさまは、もう国にお帰りになったと聞いたわ。昨夜のようなことは、もう、起こらないでしょう」

エピドートの名前を出した途端、ユークレースの青い青い瞳に怒りがにじんだ。ユークレースは、昨夜のエピドートの非道に、まだ憤っているのだ。

「お加減がよくないと伺ったけれど、昨夜のことが原因かしら」

スフェーンの心配をユークレースは笑い飛ばした。

「まさか。充分手加減はした。できたところで、せいぜいかすり傷だよ」

「あなたは強いのね」

「惚《ほ》れ直した？」

スフェーンはその笑顔にくちづけしたい衝動を抑えながら、ユークレースに背を向ける。

「さあ。わたしがこちらを向いている内に行って。あなたの背中を見送るのはつらいの」

「オリヴィン」

「ほら。早く。朝までこうしているわけにはいかないでしょう？」

ユークレースは何も答えなかったが、気配でわかる。スフェーンの言葉を聞き入れて、ユークレースが去っていく。

やがて、草を踏む足音も、葉ずれも、聞こえなくなった。

途端に、身体から力が抜け、スフェーンはその場にへたり込む。

どうしよう？

ユークレースが、好き。好き。好き。

その上、ユークレースも、自分を愛してくれている。

なんて、残酷な幸福なのだろう。

自分たちは、こんなにも愛し合っているのに、決して、結ばれることはない。

「ユークレース……」

草の上にしゃがみ込み、膝をかかえうつむいているスフェーンの目に、ふと、誰かの足が映った。

絹張りの靴。ぴかぴかに磨かれたバックルの中央に葡萄《ぶどう》を象《かたど》った宝石があしらわれた洒落《しゃれ》た意匠《いしょう》。

すぐに誰だかわかった。

スフェーンが顔を上げると、その人は、手にした酒瓶《さかびん》を上げ、「やあ」と悪びれることなく笑う。

「おじさま……。いつから見てらしたの……？」

「あー……。いつからって……、そうだなぁ。ええっと、きみを養女にする、とかなんとか、そのあたりから……、かな？」

「ほとんど最初からじゃないの！」

ということは、ユークレースと淫らなことをしようとしていたところも、余すところなく、しっかり、見られていたということか。

「のぞき見するなんて、ひどい！」

「あー……、いや、そんなつもりはなかったんだが……」

アルマンディンが困ったように肩をすくめる。

「なんだか、大変なことになっているようだね」

ふいに、こらえていた涙が一気にあふれ出した。

「うわぁーん。おじさまぁっ」

スフェーンは、たまらなくなって、アルマンディンにすがりつく。

「ちょっ。おい。スフェーン」

あわてふためくアルマンディンなんて、普段、なかなか見られるものではないが、今のスフェーンには、鑑賞している余裕などない。

「おじさま。どうしよう？　わたし……、わたし……」

「スフェーン……」

「ユークレースが好きなの！　こんなはずじゃなかったのに、恋なんかしないつもりだったのに、好きになってはいけない人を好きになってしまったの……！」

「そうかい……」

アルマンディンの掌がそっと髪を撫でてくれる。

そのやさしさに促《うなが》されるようにして、スフェーンはあふれる涙を拭《ぬぐ》いもせず、子供のように泣き続けたのだ。

◇◇◇

「どうだい？　少しは落ち着いたかい？」

目を真っ赤に泣き腫らしたスフェーンに、アルマンディンは絹の手巾《ハンカチ》を差し出した。

スフェーンは、その手巾で、遠慮なく、涙を拭い鼻をかむ。アルマンディンが少し顔をしかめたので、さすがに、ちょっとまずがったかなと思いはしたが、それも今さらだった。

スフェーンが、今、いるのは、アルマンディンにあてがわれた、扉にユニコーンと百合のレリーフが刻まれている例の客室だ。

スフェーンがあまりにも泣きじゃくるものだから、閉口《へいこう》したアルマンディンに、無理やり連れてこられた。

ここでも、スフェーンは、泣いて、泣いて、泣き続け、今に至る。

睫はぐっしょり濡れ、目も瞼《まぶた》も真っ赤に腫れ上がっていた。思いっきり泣き声を上げたせいか、喉もおかしい。「ありがとう」となんとか唇から押し出した声も、かすれてひどいありさまだ。

人に決して見せられない姿だが、アルマンディンは親戚のおじさんも同じ。そう思うと気にもならない。スフェーンにとっては、ある意味、父以上に安心して甘えられる相手だ。

「きみも飲むかい？」

アルマンディンが手にした瓶を少し持ち上げた。

ヴィノグラート名産のワインだ。

「今夜は月がきれいだから、月を肴《さかな》に一杯やろうと思って外に出たんだ。そうしたら、きみたちの姿が見えたから……」

決してのぞき見しようと思っていたわけではないよと釈明され、スフェーンは、小さく首を横に振ってワインを断ると、うつむき、ぽつり、と言い返す。

「こんな夜に出歩く物好きはおじさまぐらいよ」

アルマンディンが含むように笑った。

「そうかな？」

「そうよ」

「でも、きみと彼も出歩いていたじゃないか。それに、きみの小間使いと、あの薄青い瞳をした王子さまも」

アルマンディンの言葉に、弾かれたようにスフェーンは顔を上げる。

「おじさま。ご覧になったの？」

「何を？　あの子たちが菩提樹の下で情熱的なくちづけを交わすところをかい？」

「あ……」

「なんとも、はや、意外な展開だね。きみたちがそんなことになっていようとは」

アルマンディンは茶化すように言って肩をすくめた。

「おじさま。面白がっているでしょう」

スフェーンは赤い目でアルマンディンをにらみつけたが、元より、そんなことで恐縮したりするアルマンディンではない。

「そりゃあね。こんなに面白いことはない」

「おじさま！」

「恋する若者たちは美しい。美しいものを目にする時、私の心には至上《しじょう》の喜びが満ちる。これを楽しまずして、何を楽しめばいい？　ねえ？　かわいい私のプリンセス」

茶目っ気たっぷりにウィンクまでされて、強張っていたスフェーンの声がゆるむ。

「……でも、許されない恋よ……」

「許されない？　どうして？」

「あたりまえでしょう？　馬番と結婚したいと言ったところで、お父さまが許してくださるはずがないわ」

「確かに。それはそうだろうな」

スフェーンは、それっきり、猫足の肘掛け椅子に背中を埋め、思索を巡らせている——ように見えるアルマンディンを、鼻をぐすぐす言わせながら見守った。

アルマンディンなら、年の功で何かよいアイディアを出してくれるのではないかという期待をしたいところではあるが、アルマンディンをもってしても、どうにもならない問題であることもわかっている。

せめて、自分の気持ちの落ち着き先が見つけられたら。そうしたら、もっと毅然とした態度で、この恋に立ち向かうこともできるだろうに。

スフェーンは、黙り込んでしまったアルマンディンを見つめ、おずおずと声をかける。

「そういえば、おじさま、エピドートさまがお帰りになったって、ご存じ？」

アルマンディンが鷹揚《おうよう》にうなずく。

「ああ。知っているよ」

「お加減がよくないと伺ったけれど、もしかして、お怪我でも……」

「何？　きみのたいせつな馬番くんが、あのバカ王弟殿下に怪我をさせたのではないかと心配なのかい？」

図星だった。

驚いて目を瞠《みは》ったあと、スフェーンはため息をつく。

「おじさまはなんでもご存じなのね」

「まさか。そんなわけはないよ。知っているのは、アウィン王子から相談を受けたからさ」

「アウィンさまが？」

「なんでも、エピドートはきみに無礼を働いたそうではないか。アウィン王子は大変なご立腹だったよ。さすがに、私も、女性にそういう無体なことをする男は、同じ男として許せないのでね。言い聞かせて、追い返したのさ」

では、ユークレースがアウィンに訴えたのか。他国の、それも王弟殿下といざこざがあったのだから、家臣として主に報告するのは当たり前のことかもしれないが、そこにスフェーンを思う気持ちがあるような気がして、やはり、うれしい。

「エピドートは酔っ払っていて昨夜のことはよく覚えていないようだったが、とりあえず、目立った怪我はなく、元気そうだったよ。宿酔《ふつかよ》いによる頭痛と吐き気以外はね」

「それなら、ユークレースが仕返しをされることもなさそうね」

ほっとして、小さく息をついていると、アルマンディンが、肘掛け椅子から立ち上がり、スフェーンが腰掛けていた長椅子の隣に腰を下ろした。

「彼のことがほんとうに好きなんだね」

「……ええ」

「きみは彼のどこが好きなのかな？」

問いかけてくる声はやさしい。

なだめられ、慰められて、強張っていた心の扉が開き、ユークレースへの思いがあふれ出す。

黄金に輝く髪が好き。深みのあるなめらかな声が好き。広い肩が好き。もちろん、背の高いところも。

顔立ちは整っているし、礼儀をわきまえているところもいい。そして、なんといっても、あの瞳が魅力的。思わず、うっとりと見とれてしまうほどに、美しく澄んだ、青い青い宝石のような瞳。

でも、一番好きなところは……。

「いつも、わたしが困っていると助けにきてくれるの。あの力強い腕でわたしを守ってくれるのよ」

初めて会った時は、暴走する馬車から助けてくれたし、エピドートに言いがかりをつけられた時も、乱暴されそうになった時も、守ってくれたのはユークレースだった。

「それに……、あの人、意外とやさしいのよ」

「そうなのかい？」

「ええ。ああ見えて紳士なの。馬番なのにね」

スフェーンが小さく笑うと、アルマンディンは、スフェーンの頬を撫で、小さな子にするみたいに額にキスをする。

いつもなら「もう、子供じゃないわ」と拗《す》ねて見せるところだが、今だけは、その子供扱いが心地《ここち》よい。

スフェーンは、幼い子供のころよくそうしたように、アルマンディンの腕に自分の両腕を巻きつけて、アルマンディンのブルーグレーの瞳を見上げた。

「ねえ……。おじさま……」

「なんだい？　私のかわいいスフェーン」

「オリヴィンをおじさまの養女にすることはできるのかしら？」

ユークレースの話を聞いた時には、何を馬鹿なと思ったけれど、冷静に考えてみれば、案外有効な手段かもしれない。

ヴィノグラートの大公の娘であれば、アウィンの花嫁とするのに不足はないだろう。その娘が、養女であり、身分の低い家の出身であったとしても、ヴィノグラートの大公の庇護《ひご》下にある娘であれば、皆、無碍《むげ》にはするまい。

「それは、あの愛らしい小間使いを私の養女にした上で、アウィン王子に嫁がせたいと、そういうことかい？」

聞かれて、スフェーンはうなずいた。

「わたしはだめでも、せめて、オリヴィンにだけはしあわせになってもらいたいの」

アルマンディンが困ったようにため息をつく。

「かわいいきみの頼みだ。聞き入れるのはやぶさかではないがね。オリヴィンが『うん』と言うかな？」

「……それは……」

「恋のために、実の両親と離れ、縁もゆかりもない私を父と呼ぶことについては、この際、あれこれ言うまい。恋に生きるのも、若者の特権だ。だが、あの心やさしい小間使いは、主人であるきみを差し置いて自分だけがしあわせになることを承服《しょうふく》するとは思えないね」

「……わたしが命じるわ……。あなただけでもしあわせになりなさいって……」

「それであの子は、ほんとうにしあわせになれるのかい？　きみを犠牲《ぎせい》にしたと一生罪悪感にかられることになるのではないかな？」

そう言われると、もう、黙るしかなかった。さすがは、アルマンディン。人の心を推し量ることには長けている。

うなだれるスフェーンに、アルマンディンは言った。

「そんなに好きなら、その気持ちを素直に彼にぶつけてみたらどうだい？」

「え……？」

「勇気を出すんだよ。スフェーン」

アルマンディンは、スフェーンの頭を抱き寄せて言った。

こつん、とアルマンディンの肩に頭をもたせかけて、スフェーンは唇を噛む。

「気持ちを抑え込むから、いつまでも燻《くすぶ》るんだ。それよりは、思いっきり、燃やして、燃やして、燃やし尽くしてみたらいい。そうすれば、きみのその気持ちも、美しい思い出として昇華《しょうか》されるかもしれないよ」

そう言って、にっこりと笑うアルマンディンを、スフェーンはまじまじと見つめた。

ほんとうだろうか？　いつものアルマンディンの戯言ではないのだろうか？

そんなことをしたら、かえって、自分の気持ちに手がつけられなくなってしまいそうで怖い。初めての恋は、スフェーンを臆病《おくびょう》にさせる。

「でも、もしも……」

アルマンディンは、笑って、それから、何でもないことのように言った。

「もしも、うまくいかなかったら、その時は、私のところにお嫁においで」

「おじさまのところに……？」

「私には、既に、息子が何人もいる。きみが跡取りを産む必要は全くない。それこそ、私の娘になるつもりでヴィノグラートに来ればいいさ。そのほうが、あの浮気者のパイロープや、堅《かた》物《ぶつ》のラリマールの妻になるよりは、よほどましだとは思わないかい？」

「おじさま……」

「ああ。もちろん、あの愛らしい小間使いも一緒にね。もし、オリヴィンが望めば、わたしが責任を持ってオリヴィンに相応しい伴侶《はんりょ》を見つけてあげるよ」

　悪くない話だと思えた。

　アルマンディンは、ユークレースも言うとおり、大人だ。その包容力《ほうようりょく》で、傷心《しょうしん》のスフェーンをやさしく包んで甘やかしてくれることは疑いようがない。

　オリヴィンのことも悪いようにはしないだろう。

　そうやって、アルマンディンの庇護の元、日々を過ごしている内に、ユークレースのことも、きっと、忘れられる。もしかしたら、新しい恋にだって出会えるかもしれない。

　でも……。

「おじさま。ありがとうございます。おじさまにそう言っていただいただけで、少し、気持ちが楽になった気がするわ」

　スフェーンはアルマンディンに微笑みかけた。ブルーグレーの瞳も思慮深げに微笑んでいる。

「もう少し、考えてみる。自分にとって、オリヴィンにとって、どうするのがいいか、ちゃんと、自分で結論を出すわ」

　アルマンディンの掌がスフェーンの頭を撫でる。

「それがいい。私のかわいいプリンセス」

「おじさま。大好きよ」

「ああ。私もきみのことが大好きだよ」

スフェーンは、アルマンディンの頬にキスをし、それから、アルマンディンの部屋をそっとあとにした。

◇◇◇

どうしよう？

どうするのが、わたしとオリヴィンにとって、一番いいことなのかしら？

スフェーンは考えた。

夜通し、そればかりを考え続けた。

こんな恋心、捨ててしまえばいい。そうして、何もかも忘れてしまえたら、きっと、楽になれる。

わかってはいても、それができる時期など、もう、とうに過ぎてしまっていることを、スフェーンは知っていた。

せめて、ユークレースも自分を思ってくれていると気づいていないころであったなら、もう少し、気持ちを抑えることもできたかもしれないのに……。

(ううん……。それでも、きっと、無理だったに違いないわ……)

スフェーンは、心の中で、そっと、その思いを打ち消す。

恋をする気持ちは、誰にも抑えることはできない。本人であるスフェーンにだって不可能だ。どんなに消そうとしても、ユークレースへの気持ちは、スフェーンの胸の中にしっかりと居座って、薄れる気配さえない。

胸の中の恋心は大きく羽ばたきたがっている。スフェーンの胸の中から飛び出して、もっと広い空を自由に飛び回りたいとうずうずしている。今さら、卵に戻れと言ったって聞き入れてくれるはずがない。

結局は、アルマンディンの言うとおり。

行き着くところまで行き着かなければ、スフェーンの恋心は納得しないだろう。

たとえ、それが、どんな破滅の空であっても。

スフェーンは、ほ、と震える吐息を吐き出し、両手を胸に当てた。

(わたしって、自分が思っていたのよりも、ずっと、情熱的だったのかもしれないわね)

それでもいいと思っている自分がいる。

この胸の中にしまってあるものをすべて解放するのは怖いけれど、でも、アルマンディンが言うように、気持ちを、燃やして、燃やして、燃やし尽くさなければ、恋心ごと、心が腐ってしまいそう。

(でも……、オリヴィンは、それでいいのかしら……)

自分はいい。

くだらない入れ替わりなんかを思いついて、オリヴィンを傷つけ、アウィンとユークレースの心を惑わした罰だと思えば、何が起きても、受け入れるしかない。

だけど、オリヴィンは違う。

オリヴィンは、いわば、被害者なのだ。

いつか、必ずやってくる恋の終わりのその時に、少しでもオリヴィンの苦しみが深くならないようにするには、どうしたらいい？

どんなに考えたって、答えなんか出るはずもなかった。

アルマンディンには『自分で結論を出す』なんて偉そうなことを言ったのに、この体たらく。

(もう、いっそ、おじさまのところにお嫁にいっちゃおうかしら？)

一瞬よぎったその考えを、スフェーンは急いで頭から追い出す。

(だめ……。逃げてはだめよ……)

ハッピーエンドはありえない。

それなら、せめて、少しでもハッピーに近いグッドエンドを、なんとしてでも見出さなければ。

自分のためではない。オリヴィンのために。

（そのためには……）

スフェーンは、ある決断をして、夜、小間使いとしての自分に与えられている部屋に戻った。

元々、主《あるじ》に呼ばれた際、すぐに駆けつけられるよう作られた続きの部屋だ。耳をこらし、気配に注意していれば、隣の部屋にいるオリヴィンの様子をある程度探ることはできる。

オリヴィンが部屋の中を移動する足音が聞こえた。それから、ドアを開閉するかすかな音も。

スフェーンは、少しだけ時間を置いて、自分もそっと部屋を抜け出す。

オリヴィンはいつもの菩提樹の樹の下に向かっているらしい。

今夜も月が美しかった。

スフェーンは、月明かりに自分の姿が暴《あば》かれてしまわないよう注意しながら、オリヴィンを追いかける。

オリヴィンは、いつになく、急ぎ足だ。

（アウィンさまに早く会いたい気持ちを抑え切れないのね）

そのいじらしさに打たれながらも、スフェーンの気持ちは、いつしか、ユークレースのことでいっぱいになっていく。

ほんとうは今夜も会いたいと言われた。用事があるからと断ってもユークレースはなかなか聞き入れてくれなくて、「明日の夜は必ず時間を作るから」と言ったら、ようやく、納得してくれた。

『一目だけでいいんだ。会いたい。会わなければ、眠れない』

そう熱っぽくささやいてスフェーンをかきいだくユークレースに、スフェーンの胸がどれほど熱くなり高鳴ったか。

とろけそうなほどの甘さと、裏腹に、焼けつくような苦さ。

せめぎ合う二つの思いに唇を噛み締めながら、スフェーンは顔を上げる。

菩提樹の下でオリヴィンを待っていたアウィンが立ち上がった。

オリヴィンはためらうことなくその胸の中に飛び込んでいく。

月明かりの下、二つの影が一つになった。

恋人たちは、長い長いくちづけのあと、それから、手を取り合い、寄り添って、菩提樹の下に腰を下ろす。

ふたりはとても言葉少なだった。

多くを語らず、ただ、見つめあい、微笑み合っている。

あるいは、オリヴィンとアウィンには言葉なんか必要ないのかもしれない。

ふたりの間には、ふたり以外には聞こえない音楽が流れていて、その音楽が互いの気持ちを伝え合っている。

そんなふうにさえ思えるほど、とても、静かな恋。

（なんて、きれいなの……）

アルマンディンではないが、恋人たちはとても美しかった。

(わたしとユークレースもそうなのかしら……)

傍からは、アウィンとオリヴィンのように、神々しいほどの喜びに満ち足りて見えるだろうか……。

どのくらいそうしていたのかはわからない。

やがて、ふたりが名残惜しそうに身を離すのが見えた。

どうやら、アウィンが先に帰っていくようだ。

菩提樹の下で、じっとアウィンを見送っていたオリヴィンが、ほっと深いため息をつき、菩提樹から離れる。

じっと物陰に身を潜めていたスフェーンは、意を決して、オリヴィンの前に進み出た。

どこかぼんやりとした顔つきだったオリヴィンが、スフェーンの姿を目にした途端、はっとしたように目を瞠り、大きく息を飲む。

その頬が見る見る内に青ざめていったのは、月の光のせいばかりではあるまい。

オリヴィンは、スフェーンのまなざしを見た瞬間、すべてを悟ったのだ。

スフェーンが、オリヴィンの許されない恋に気づいてしまったことを。

「申し訳ありません……」

オリヴィンは、泣き崩れるようにして、地面に這いつくばった。

「姫さま……。姫さま……。あたしが悪いのです。どうぞ、あたしを罰してください……」

悲痛な声。

スフェーンは、あわててオリヴィンのそばに駆け寄り、その肩を抱こうとしたが、オリヴィンは、その手から逃れ、なおも、両手で顔を覆ってスフェーンの足元に泣き伏す。

「わかっていたのです……。あたしにはアウィンさまを思う資格はないんだって……。あたしはただの小間使いなんだから、アウィンさまを好きになっちゃいけないいって……」

「オリヴィン……」

「でも……、だめなんです……。気持ちが止まらないんです……。いけないいって、思えば思うほど、アウィンさまを好きになってしまう……」

「……」

「ほんとうは、拒まなきゃいけなかったんです。身分や立場を考えたら、受け入れてはいけないって……。でも、好きだって言われたら、もう、どうしようもなかった……。勝手に、口が『私も』って答えてた……。あたし、嘘ついているのに、アウィンさまをだましてるのに……。あたし、絶対、地獄に落ちます。それでも、好きなんです……。アウィンさまのことを愛してしまったんです……」

恋にあこがれていたオリヴィン。いつか、自分も両親のような熱くて甘い恋をして、その人と結ばれるのだと、頬を染めていたオリヴィンを見ていると、スフェーンまでとてもしあわせな気持ちになれたのに。

ほんとうは、見て見ぬふりをしていたほうがよかったのかもしれない。

アウィンが去り、オリヴィンの恋が否応なく終わるのを、何も知らない顔をして見守っているべきだったのかも……。

でも、オリヴィンをひとりで苦しませたくはなかった。

せめて、そばにいて、話を聞いてあげたい。

もしも、自分にできることがあれば、なんでもしてあげたい。

それが、オリヴィンに対して、スフェーンができる精いっぱいの贖罪《しょくざい》だった。

だから、こうして、あえて、自分が気づいていることをオリヴィンに知らせた。

「オリヴィン……」

スフェーンは、地面に泣き伏したままのオリヴィンの肩に両手を回し、その華奢な身体をやさしく抱き締める。

「仕方がないわ。オリヴィン。恋心は突然やってくるものよ。誰にも、その翼を拒むことはできないわ」

「……姫さま……。でも……」

「わたしも同じよ。オリヴィン」

「え……？」

オリヴィンが泣き濡れた顔を上げた。

スフェーンは、そっと微笑んで、オリヴィンに告げる。

「わたしも好きになってはいけない人を好きになってしまったの」

「……姫さま……」

「わたし、ユークレースを好きになってしまったの……」

両手を顔に当て、オリヴィンが、わっと、声を上げて泣き出した。先ほどまでの涙とは違う。スフェーンのための涙だった。

「ああ……。おかわいそうな姫さま……。なんて、おいたわしい……」

嘆くオリヴィンの肩を、スフェーンはさらに抱き寄せる。

「もしも、姫さまがお好きになられたのがアウィンさまであったのなら、どれほどよかったでしょう。これほど喜ばしいことはなかったのに……！」

オリヴィンが本気でそう言っているのだということは、スフェーンにもよくわかった。だからこそ、スフェーンは首を横に振る。

「だめよ。オリヴィン。そんなの、少しも喜ばしくはないわ」

「どうしてですか？　姫さま」

「決まってるでしょ。オリヴィンと恋敵《こいがたき》になるなんて、わたしは、絶対に、いやよ」

「姫さま！」

笑おうとして失敗したみたいな顔になったオリヴィンを抱き締めると、オリヴィンも、ぎゅっと、抱きついてきた。

「姫さま……。姫さま……。なんて、もったいない……。あたしのことなど、どうでもよいのです。姫さまさえしあわせにおなりなら、あたしは、それで……」

スフェーンは、泣きじゃくるオリヴィンの髪を撫で、指先で眦を拭ってやる。

「オリヴィンの不幸の上に成り立つしあわせなんて、しあわせじゃないわ」

「でも……」

「それに、わたしが好きなのはユークレースだもの。お互い、好みが違っていて、ほんとうに、よかったわね」

茶目っ気たっぷりに笑いかけると、オリヴィンのさわやかな緑の瞳にも、微笑みが戻ってきた。

「姫さまったら……」

互いに互いの顔を見て、ふたりしてくすくす笑い合って、ようやく、少しだけ、気持ちが落ち着く。

スフェーンは、オリヴィンの身体を離すと、今度はその手を両手で握って言った。

「オリヴィン。ほんとうに、ごめんなさい。わたしが入れ替わりなんてバカなことを思いつかなければこんなことにはならなかったのに」

だが、スフェーンの言葉に、オリヴィンは静かに首を横に振る。

「いいえ……。姫さまは何も気に病まれることはありません……」

「でも……」

「ほんとうです。もし、姫さまと入れ替わらずにいたら、アウィンさまのことをこんなに深く知ることはなかったでしょう。アウィンさまを好きになることもなかったと思います。だけど、アウィンさまと出会えて、あたしは最高にすてきな恋を知ることができた。むしろ、姫さまには感謝しています。ありがとうございます。姫さま。あたしは、今、とてもしあわせです」

真っ赤に泣き腫らした目で微笑むオリヴィンに、今度はスフェーンの眦から涙がこぼれ落ちた。

「そうね……。オリヴィン。オリヴィンの言うとおりね……」

「姫さま……」

「わたしは一生恋なんてできないと思ってた。でも、ユークレースに出会って、恋を知ることができた。それだけでも、とてもしあわせなことね」

そう。それが、許されない恋であったとしても。

オリヴィンが持っていた手巾でスフェーンの涙を拭ってくれる。そのやさしく丁寧な手つきは、スフェーンのよく知る小間使いのオリヴィンのものだ。

スフェーンは心配そうに自分のことを見つめているオリヴィンに胸を打たれる。

自分のほうこそ、こんなことに巻き込まれてつらい恋に苦しんでいるだろうに、それでも、オリヴィンはスフェーンを『姫さま』と呼んで敬い真心をこめて仕《つか》えてくれる。

オリヴィンという娘は、おとなしく、可憐に見えて、その身の内は、なんと強くしなやかで勇気に満ちていることか。

（わたしは逃げることしか考えていなかったのに……）

オリヴィンを選んだアウィンはほんとうに目が高い。オリヴィンの主としてというより、同じ恋する乙女として、なんだか鼻が高い。

「せめて、オリヴィンの恋だけでもなんとかかなえてあげたいわ。たとえば、おじさまの養女になるとか……」

そう言うと、オリヴィンは、首を、ぶんぶん、と音がしそうな勢いで横に振った。

「だめです。姫さま。姫さまを差し置いてあたしだけしあわせになるなんて」

「だけど……」

「姫さまのお気持ちはとてもうれしいけれど、姫さまがおしあわせでなければ、あたしもしあわせにはなれません」

アルマンディンの予想どおりだ。オリヴィンの答えは反論のしようがないほどにきっぱりしていた。

「ありがとう。オリヴィン」

ほかに、どんな言葉も浮かばなかった。

「わたし、オリヴィンのこと、大好きよ」

一度は泣き止んだオリヴィンが、再び、しくしくと泣き出す。

「姫さま……。姫さま……。あたしも、姫さまのことが大好きです……」

ふたりは、そのまま、手を取り合って泣いた。

その涙に濡れたように、月の光もしっとりとあたりを照らしている……。

第三章　青い青い瞳に囚われて

その夜は、小間使《こまづか》い用の部屋の狭いベッドでオリヴィンと手をつないで眠った。

オリヴィンと同じ部屋で眠るのは初めてだった。

お互いに離れ難《がた》くて、どんなに話しても話は尽きることはなくて、ふたりで、顔を見合わせて、笑ったり泣いたりした。

スフェーンは決めた。

自分は誰とも結婚しない。

アルマンディンの誘いも断る。

「では、どうなさるおつもりなのです？」

そう聞くオリヴィンに、スフェーンは淡々と答えた。

「修道院に入るつもりよ」

スフェーンの決断に父は激怒するかもしれないが、今さら別の誰かの元へ嫁《とつ》ぐ気には到底なれなかった。

それくらいなら、修道院に入ったほうがましだ。

そうして、自分の愚かさを神に懺悔《ざんげ》しながら、一生、ユークレースのことだけを思い続ける。

たぶん、これは、スフェーンにとって、一生に一度の恋。

オリヴィンの言うとおり、知るはずのない恋を知った自分はしあわせなのだ。ならば、そのしあわせだけを抱いて、この先の人生をひっそりと生きていきたい。

そう告げると、オリヴィンはまた泣いた。

「それなら、あたしも姫さまと一緒に修道院に入ります」

なだめても、すかしても、だめだった。

オリヴィンは、自分と違って、あきらめることはない。また新しい恋に出会うこともあるかもしれないのだから、一時の感情で、自分の人生を決めてはいけない。

そんなふうに、説得してはみたけれど、オリヴィンの決意は固かった。

「あたしにとっても一生に一度の恋でした。もう、あたしは、この先、恋なんて、できません」

そうして、ふたりは、また、手を取り合って泣いた。

悲しみと涙に染まった夜が明けたあと、王都から報《しら》せがもたらされた。

ベルフト王が来る。

明日、スフェーンの父が、スフェーンが誰を夫に選んだのか確かめに、このアナトリの離宮にやってくる――――。

◇◇◇

スフェーンは、暗い夜の中、裏庭のハーブガーデンでユークレースを待っていた。

空は暗い。

今日は久しぶりの雨だった。

夕方まで静かに降り続いたこぬか雨は、ここ数日の晴天で乾いた大地を、しっとりとやさしく包む慈雨《じう》となっただろう。

夜になり、雨も止んで、雲は切れ切れになったが、月の光は、まだ、どこかにひっそりと息をひそめ、隠れている。

まるで、今のスフェーンのように。

途端に寒さを感じて、スフェーンは肩を小さく震わせた。

この日、この時の自分を、思い出すことがあるのだろうか？　その時、未来の自分は、どんな気持ちで、今の自分を振り返るのだろう？

こうしてユークレースを待つのも、今夜が最後。

父がここに来れば、ユークレースとは、もう会えなくなる。

スフェーンの恋は明日で永遠に終わる……。

足音がした。

思わず顔を上げると、ふいに、雲が切れ、月が顔を出す。

月光に照らされ、マロウの向こうから現れた背の高い彼の姿を一生忘れないでいようと思う。

かなうことのなかった恋の形見に、心の中にしまっておこう。

スフェーンはきらめく緑の瞳でユークレースを見た。

ユークレースの青い青い瞳もスフェーンをじっと見つめている。

言葉は何もなかった。

どちらからともなく、両手を差し伸べ、しっかりと抱き合う。

ユークレースの広い胸からは、心ごと包んでくれるようなぬくもりが伝わってきた。

鼓動《こどう》が聞こえる。若々しい生命力にあふれた、力強い音。

そんなところでさえ、彼のものだと思うと、たまらなくいとおしい。

大きな掌《てのひら》で両の頬を包まれた。

上を向かされ、唇を寄せられる。

そっと、触れ、すぐに離れていったくちづけ。

それだけで、頭の中がくらくらと揺らぎ、身体が芯から溶けていってしまいそう。

見上げたユークレースの青い青い瞳には、初めて目にするような、どこか獰猛《どうもう》な光が宿っていた。冴《さ》え冴《ざ》えとした月の光も、昼間の雨のせいでひんやりとした大気も、決して冷ますことのできない熱情だ。

「オリヴィン」

ユークレースは、吼《ほ》えるようにささやいて、スフェーンの身体を、なおも強く抱き寄せようとする。

スフェーンは、身をよじり、その強い腕から逃れた。

「オリヴィン！」

スフェーンに拒まれたとでも思ったのだろう。

ユークレースの声は、スフェーンを咎めるようでもあり、「なぜ？」と問うようでもある。

ああ。その声が、ほんとうの自分の名を呼んでくれたなら！

決してかなわぬ思いを胸に閉じ込め、スフェーンは自ら手を伸ばしてユークレースの手を取る。

「来て」

ユークレースはひどく戸惑った顔をした。

それでも、スフェーンが手を引いて歩き出すと、黙ってついてくる。

このまま、こうして、ふたり、手に手を取って、どこか、ふたりのことを知っている人がひとりもいないような遠い国に行けたらいいのに。

そこで、誰でもないただのスフェーンとして、ユークレースと暮らしていけたらいいのに。

（でも、そんなことをしてなんになるの？）

すべてを打ち明け、そうしてほしいといえば、ユークレースはスフェーンの望みをかなえてくれるかもしれない。

ユークレースは強い人。

身分の違いなんか乗り越えて、きっと、スフェーンの手を取ってくれる。

だが、それは、ユークレースにすべてを捨てさせることを意味していた。

家族も、地位も、アウィンからの信頼も、そして、祖国も、ユークレースはすべて失うことになるのだ。

自分は、この恋のためなら何を投げ出してもいい。

でも、ユークレースに同じことを要求することはできないと思った。

いや、むしろ、そんなことはさせたくない。ユークレースに苦労を強《し》いるなんて、絶対に、いやだ。

（だって、好きなの……）

好きだからこそ、ユークレースにはしあわせになってほしい。

ユークレースがほかの女性を妻にする日のことを考えたら、胸が張り裂けそうに痛むけれど、それでも、ユークレースを自分のせいで不幸にするよりは、ずっと、ずっと、まし。

（だけど……）

ほんの少しだけ後ろから、ユークレースの声が聞こえてきた。

「どこへ行くんだ？」

スフェーンは前を向いたままで言う。

「いいところよ」

スフェーンには質問に答える気がないことを悟ったのだろう。ユークレースは、再び、口をつぐんだ。

スフェーンは、何かに押されるようにして足を速め、ユークレースを宮殿の中に導く。

夜警の目を盗み、足音を忍ばせて廊下を急いで、目指したのは、宮殿の奥の、薔薇《ばら》のレリーフが刻まれた扉の前。

そっと扉を押すと、それは容易に開いて、スフェーンに道を作った。

ここは、アナトリの離宮に滞在する時に、いつも、スフェーンが使うところ。いわば、スフェーンの部屋だ。

今夜は、あらかじめ、部屋の扉の鍵を開いておいた。

ユークレースとの最後の夜を、ここで過ごすために。

「入って……」

そう言うと、ユークレースは、驚いて、その青い青い瞳を見開いた。

「いいのか？」

「平気よ。ここは、今、使われていないの」

使用人がそんな勝手なことをすれば、あとでどんなお咎めを受けるかわからない。よくて、解雇《かいこ》。最悪なら、どんな罰が下るか想像もつかない。

ユークレースは、きっと、それを心配しているのだろう。

スフェーンは、ユークレースの戸惑いを振り払うように、微笑みを浮かべた。

「大丈夫。あとで片づけておけば、誰にも咎められないわ」

「でも……」

「そこでそうしていても目立つだけよ。早く」

促《うなが》され、ユークレースも、ようやく決心がついたらしい。部屋の中に足を踏み入れ、ほう、とため息をつく。

「いい部屋だな……」

東向きの大きな窓。壁は薔薇色で、金で縁取られた猫足の椅子《いす》に張られているのも、同じく薔薇色の織物だ。織物には、さらに、金糸で薔薇の刺繍《ししゅう》が施《ほどこ》され、窓には同じ柄のカーテンがかかっている。

ほんとうは、天井から下がったシャンデリアも愛らしい薔薇の意匠《いしょう》で飾られているのだが、蝋燭《ろうそく》の火がすべて消されている今は、それとわからないのが少し残念だ。

今、部屋の中を照らしているのは、大きな窓から差し込んだ月の光だけ。

ほの青く染まった部屋の中を滑るように動いて、スフェーンは、ユークレースの手を引き、カウチに並んで腰かける。

「どうして、ここに？」

スフェーンの真意を推《お》し量《はか》ろうとするように、ユークレースが、薄闇の中、スフェーンのきらめく緑の瞳をのぞき込む。

スフェーンは、そのまなざしを避けることなく受け止め、ユークレースの青い青い瞳を見返した。

「静かなところで、誰にも邪魔されずに、ゆっくり話したかったから……」

「確かに、ここは静かだが……」

ユークレースは何か考えているようだ。

「それで？　話って？」

「……ユークレースは、明日、ベルフトの国王さまがおいでになるって、知ってる？」

「ああ。知ってる」

「だから、わたしも、いろいろと決めなくちゃと思って……」

傍《かたわ》らで、ユークレースが緊張を高めるのがわかった。

「決めたのか？」

「……ええ……」

「どう決めたのか、聞いてもいい？」

胸がドキドキと騒いでいた。頭の芯はグラグラで、喉はカラカラ。

(言うのよ。スフェーン)

今、言わなければ、きっと、死ぬまで後悔することになる。

(勇気を出すと決めたはずよ)

スフェーンは、大きく息を吸い、それから、意を決してユークレースをじっと見つめる。

「わたし、あなたとドレイクに行くわ」

「……ほんとうに？」

「ええ……。だって、あなたのことが好きなの。愛してるの。これは一生に一度の恋よ。もう二度と、こんなふうに誰かを好きになることはないと思うわ」

ユークレースが、感極《きわ》まったように低く呻いた。

「ああ。オリヴィン！」

そのまま、きつく、きつく、抱き締められる。

「愛してる。愛してる。俺にだって、これは、最初で最後、一生に一度の恋だ」

「……ユークレース……」

「ありがとう。オリヴィン。よく決意してくれた。誓うよ。絶対に後悔はさせない。俺がおまえをしあわせにしてみせる」

スフェーンは、ユークレースの胸に頬を当て、そっとつぶやいた。

「……うれしい……」

だが、その言葉とは裏腹に、心に満ちていくのは、耐え難いほどの悲しみ。

（ごめんなさい。ユークレース。今のは、全部、嘘よ……）

ほんとうは、ドレイク王国に行くつもりなんかない。

明日、父が来たら、誰とも結婚しない旨《むね》を伝え、その足で修道院に向かうつもりだ。

どうせ、明日には終わる恋。

ユークレースには会わないまま、ひっそりと身を引くのが正しいことなのかもしれない。

（だけど……）

それでは、この胸に初めて生まれ、大きく育った恋心があまりにもかわいそう。

だから。

（せめて失った恋の形見が一つくらいあってもいいんじゃない？）

これから先のユークレースのいない無味《むみ》な人生を慰めるための思い出が欲しいって、思ってもいいんじゃない？

スフェーンは、そのわがままを自分に許した。

それが、アルマンディンが言うところの、思いを燃やして燃やして燃やし尽くすことになるのか、自分でもわからないけれど、でも、どうしても、そうしたかった。

もちろん、ユークレースに嘘をつくことには罪悪感を覚える。とはいえ、別れ行くことを前提に「思い出だけを作りたいの」なんて言ったところで、ユークレースが納得してくれるはずもない。

(意外と頑固《がんこ》なんだから……)

でも、そういうところも、好き。

心の中でそっとつぶやきながら、青い青い瞳を見上げると、頬を包まれ、くちづけが下りてきた。

そっと触れた唇は、夜気を含んで、少し、ひんやりしている。

「……っ……」

スフェーンが、ぴくん、と身体を震わせると、すぐに、ユークレースの唇は離れていった。

「…あ……」

思わずこぼれた吐息には失望がにじんでいる。

これで終わりなんて、いやだ。

離れたくない。

もっと、ユークレースを感じたい。

ユークレースと、ずっと、ずっと、キスしていたい。

気持ちが伝わったかのように、再び、唇で唇をふさがれる。今度は、最初よりも少し強く、大胆に。

薄い皮膚同士をなじませるようにして、何度も、何度も、触れては離れてを繰り返していると、唇はすぐにあたたかくなった。

気持ちのいいぬくもりに、力が抜けていく。口に入れた途端に溶けてなくなる砂糖菓子みたいに、身体じゅうがほわほわとたよりない。

そのなんとも言えない感触に思わず吐息を漏らすと、それを待っていたように、くちづけは深くなった。

「……んんっ……」

舌が絡む。

身体の内側が、じわり、と火照《ほて》りを帯びた。唇と唇の間でこもる吐息も熱い。

挨拶《あいさつ》や、親愛の情を示すものとは、全く違う。

官能を呼び覚ます、恋人のキス。

キスがこんなにも淫《みだ》らなものだなんて知らなかった。

まるで、舌と舌とで、激しく抱き締め合っているみたい。

頭がくらくらした。

もう、自分の身体がどうなっていて、どんなふうにユークレースに抱き締められているのかもよくわからない。

「……あ……」

スフェーンは、のび上がり、のけぞって、小さく喘《あえ》いだ。

露《あらわ》になった喉元をユークレースの唇が這《は》う。上から下へゆっくりと伝って、大きく開いたローブの胸元まで降りてくる。

次第に、じんじんと痺《しび》れるような熱が生まれてきた。

それは、すぐには消えていかない熱だ。身体の内側に、こもり、うずたかく積もって、身体の芯をじりじりと炙《あぶ》る。

ユークレースは、片手でスフェーンの細腰をしっかり抱き留め、もう一方の手でペチコートをたくし上げた。

夜目にも白い大腿《ふともも》が露になる。ユークレースの掌が肌の上をそっと滑る。

瞬間、生まれた戦慄《せんりつ》をどう表現していいのかわからない。

「…あっ……」

苦しいような。せつないような。そのくせ、ずっと、味わっていたいような。

生まれて初めて感じる熱が、背筋を甘くとろけさせながら頭のてっぺんまで這い登る。

これが、恋人たちにだけ許された秘密の快楽。

お話や戯曲《ぎきょく》の中で、恋人たちは、それがどんなにすばらしいか、いつも切々と訴える。歴史の中には、そのために、家を捨て、国を売り、身を滅ぼした恋人たちもたくさんいた。

確かに、これは衝撃的だ。

このまま、何もかも忘れて溺《おぼ》れてしまいたくなりそう。

けれども、幼いころから躾《しつ》けられた王家の娘としてのたしなみが邪魔をする。

スフェーンは、飼い主に甘える子猫のような顔を上げて、両手でユークレースの肩を押しやる。

「……だめ……」

「だめ？　どうして？」

ユークレースがせつなげに眉をひそめた。

スフェーンとしては、淑女は恥じらいを忘れてはいけないと言われたから、そうしただけで、本気でいやだと思っているわけではなかったけれど、ユークレースには、スフェーンがおびえているように見えたのかもしれない。

「いや、なのか？」

「……あの……、わたし……」

「それとも、怖い？」

ごくごく近い場所からスフェーンを見つめている青い青い瞳には、いまだ隠しようのない熱情が浮かんでいる。

　求められている、と思った。

　この人はわたしを狂おしいほどに欲しがっている。

　陶酔《とうすい》がスフェーンの胸を押し包んだ。

　もちろん、未知の行為に対する恐れはあるけれど、それ以上に、愛されていることが、うれしくて、誇《ほこ》らしい。

（いいわ……）

　スフェーンは決めた。

　もしも、「怖い」と言ったら、ユークレースはこれ以上何もしないだろう。正義感あふれる彼は、いやがるスフェーンに無理強《むりじ》いなんかしない。自分の欲望は抑え、スフェーンの気持ちのほうを優先してくれるに決まっている。

　そんなユークレースだから好きになった。

　だから……。

（わたしの初めてをあげる……）

　誰かほかの男の元へ嫁ぐのであれば、こんなことをすれば、あとあと面倒なことになるかもしれないが、どうせ、自分は修道院に入るのだ。純潔を失ったところで、不都合を蒙《こうむ》る者は誰もいない。

（神さま。神さま。残りの一生全部使って悔《く》い改《あらた》めますから、今夜だけは見逃して……）

スフェーンは、心の中で祈りながら、小さく首を横に振った。

「……違う……。そうじゃないの……」

それから、ゆっくりと手を上げて、部屋の奥の扉を指差す。

「……あちらが寝室なの……」

こんなことを言ったら、軽蔑《けいべつ》されるだろうか？

女のほうから誘うような真似をしてはしたないときらわれてしまう？

でも、後悔したくない。

あの時ああしておけばよかった、なんて、あとになって悔やむのはいや。

震えるような気持ちでユークレースの青い青い瞳を見上げると、ユークレースはしあわせそうに微笑んでいた。

そうして、抱き締められ、甘い甘いキスを一つ。

言葉は、もう、いらない。それだけで、互いの気持ちは伝わり合う。

ユークレースは、カウチから立ち上がると、頭を下げ、スフェーンに右手を差し出した。どこかの国の王子さまみたいに華麗《かれい》な仕草だった。

スフェーンも、王女らしい優雅な仕草で、ユークレースの手を取り、立ち上がる。

手を取り合い、見つめ合うと、強い力で腕を引かれた。

あっと思った時には、もう、背中と膝の裏側にユークレースの腕が回されていて、そのまま、ふわり、と抱き上げられる。

「さあ。行こうか。俺のプリンセス」

たぶん、冗談なのだろう。

それでも、小間使いのオリヴィンではない、ほんとうの自分に戻れたような気がして、少し、うれしい。

スフェーンは、両手をユークレースの首に回し、ユークレースの青い青い瞳をうっとりと見つめていた。

ユークレースは、スフェーンを抱き上げたまま、危なげのない足取りで、ドアを開き、寝室へと足を踏み入れる。

真っ白いレースの天蓋《てんがい》に覆《おお》われたベッドの上に静かに下ろされると、ふわり、と涼やかな香りが立ち上った。

気持ちよく眠れるようにと、いつも、オリヴィンがリンネルに忍ばせてくれている薔薇の香り。

今ごろ、オリヴィンはどうしているだろう？

首尾よくアウィンと会えて、最後の夜を楽しんでいるだろうか？

オリヴィンにとっても最高の夜になればいい。

この先の人生がどんなものであったとしても、決して忘れることのない、鮮やかな思い出が作れたらいい。

スフェーンは、寝台の上に座ると、ボンネットを取り、結い上げてあった髪からピンを外していった。

はちみつ色の巻き毛が、ひと房ずつ、くるくると落ちてきて肩を覆っていくのを、ユークレースは、スフェーンのすぐそばに座って、じっと、見つめている。

「そんなに見ないでよ。恥ずかしいわ」

スフェーンが頬を染めて抗議すると、ユークレースは、手を伸ばしてきて、スフェーンの髪を手に取った。

「恥ずかしがることないだろ。きれいな髪だ」

「……ほんとう……？」

「ああ。そうして下ろしているのも、よく似合う。ボンネットの下に隠しておくのはもったいないと、ずっと、思っていたんだ」

すべて垂らした髪を、ユークレースの掌がいとおしげに撫でていく。

髪には感覚なんてないはずなのに、なぜか、そうされるだけで、気持ちよさのあまりうっとりしてしまう。

思わず目を細めたスフェーンにやさしくキスをして、ユークレースはその青い青い瞳をスフェーンに向けた。

「……ほんとうに、いいんだな？」

「ええ」

スフェーンは、微笑み、うなずく。

「お願い。今夜、わたしをあなたの花嫁にして」

ユークレースの指先が、そっと、ローブの胸元にかかった。

襟《えり》を開かれる。

一枚、一枚、着ているものを脱がされ、肌を露にされる。

ユークレースにすべてを見せるのは、恥ずかしくて、とても、怖い。

でも、それ以上に、震えるような悦びが身の内から湧き上がってきて、スフェーンは、詰めていた息を、ほ、と吐いた。

ユークレースにならいい。

誰にも見せたことのない自分を見られてもかまわない。

いや、むしろ、見てほしい。

自分のすべてを覚えていてほしい。

人を好きになるとは、こういうことなのだ。

決してほかの人に向けることのない、わがままで、貪欲《どんよく》で、傲慢《ごうまん》な気持ちも、ユークレースにはまっすぐに向かっていく。

やがて、身にまとっているのはゆったりとした下着一枚となった。

ユークレースは、スフェーンの細い肩を撫でるようにして、肌触りのよいやわらかなリンネルをスフェーンの細い肩から滑らせる。

大きく襟ぐりの開いた丈の長い下着は、スフェーンの身体に沿って、ふわり、と落ちていった。生まれたままの姿で、心もとなく震えているスフェーンを見下ろして、ユークレースはつぶやくようにささやく。

「……きれいだ……」

スフェーンは何も答えられなかった。ただ、ユークレースの青い青い瞳を見つめているばかり。

ユークレースは、その青い青い瞳でスフェーンを見据えたまま、自身が身にまとっていたジレと白いシャツを脱ぎ捨てた。

細身に見えた身体は、みっしりと充実した硬い筋肉に覆われている。

自分とはあまりにも違う、男の身体。

この胸に、今までずっと抱き締められていたのか。

そう思うと、ドキドキしていた胸がいっそう高鳴る。頭の中も、頬も、カッと熱くなって、眩暈《めまい》がしそう。

ユークレースは、スフェーンと同じように何一つまとわない姿になると、スフェーンの腰と背中にその熱い腕を回し、そっと抱き寄せる。

肌と肌が直接触れ合った。

(あたたかい……)

もっと生々しい感触がするのかと思っていたのに、今感じているぬくもりはひどく素朴《そぼく》で穏やかだ。

掌で頬を包まれる。

「愛してる」

ささやきは、甘い。甘い。

与えられたくちづけに、スフェーンは夢中になって応えた。

両腕をユークレースの肩に回し、自ら唇を開いてユークレースの舌を受け入れる。

吐息ごと奪うように荒々しく舌を吸い上げられたかと思うと、一転してやさしく唇で唇を食《は》まれ、舌先で歯並みを撫でられた。

お返しとばかりに、今度はスフェーンのほうがユークレースのきれいに並んだ歯の奥へと入っていってその裏側をなぞれば、舌先で、するり、とすくい上げられ、再び、深く、絡み合う。

キスって、こんなにもいろいろとできるものなんだって初めて知った。

思えば、ユークレースと出会って、スフェーンは、いったい、いくつの『初めて』を知っただろう。

いらだちも、ときめきも、誰かといてこんなにドキドキするのも、全部、初めて。

もちろん、今夜のことも……。

背中を抱いていたユークレースの掌が、スフェーンの肌の感触を確かめるようにゆっくりと下りてきた。

背筋を通って、くびれた腰を撫でる。

ユークレースの掌はあたたかい。くすぐったいののほんの少し手前のような、ざわざわした感じが皮膚をかすめるように立ち上って、身体が内側から火照ってくる。

「思っていたのより、ずっと、華奢《きゃしゃ》なんだな」

唇を離れた唇が、耳朶《みみたぶ》をそっと噛みながらささやいた。

「怖いよ。どこもかしこも、やわらかくて、繊細で、ほんの少し力を入れただけで壊れてしまいそうだ」

喉元をやんわりと吸われ、じわり、と熱が上がる。

早くも乱れ始めた吐息をなんとかこらえていると、腰から脇へと這い上がってきた両の掌が、盛り上がった乳房の重さを確かめるように下から包み持ち上げる。

「……ぁ……」

噛み締めていた唇から、かすかな声がこぼれた。

ユークレースが、乳房を包んだ指にそっと力をこめる。やわらかな乳房がユークレースの指の形にへこむ。

「ここも、やわらかい……」

「あ……、いや……」

「いや？　もしかして、痛い？」

鎖骨《さこつ》を甘噛みされながら聞かれ、スフェーンは、小さく小さく喘ぎながら、首を横に振った。

「……痛くはないわ。でも……」

「でも？」

「なんだか熱いの……。身体の奥のほうに火種を入れられたみたいよ……」

素直に答えると、ユークレースがくすりと笑う。

「案外感じやすいんだな」

からかうように言われて、スフェーンは真っ赤になった。

「……いじわる。そんなこと言うなら、もう、ずっと、黙ってる」

「どうして？」

「……だって……、殿方は、みなさま、お人形のようにおしとやかで慎み深い女のほうがお好きなんでしょう……？」

たとえば、閨《ねや》の中であっても。

ユークレースはいささかあきれ顔だ。

「誰が言ったんだ？　そんなこと」

「誰でもいいじゃない。それが淑女のたしなみというものよ」

だって、スフェーンの歴代の教師たちは、みんな、口をそろえてそう言った。たぶん、幼いころはいささかおてんばだったスフェーンを諫《いさ》めるためだったのだろうが、あまりにも同じことばかりを繰り返されたせいか、今では、スフェーンの中にもその観念はしっかりと根づいている。

でも、ユークレースは……。

「俺はいやだな。そういう女」

「そう、なの……？」

「ああ。だって、何考えてるかわからなくて薄気味悪くないか？」

意外だ。殿方に愛されるのはそういう女の子なのだと、ずっと、思っていたのに。おまけに、『薄気味悪い』だなんて、随分な言い草ではないか。

だが、過去によほどいやな思いでもしたのか、ユークレースの言葉は辛辣《しんらつ》だった。

「結局、従順なふりして、実は、媚《こ》びてるだけなんだろうとか、俺に取り入ろうとして自分を偽ってるだけで裏では何やってるかわからないぞとか、考えてしまうと、もう、無理。顔を見るのもいやになる」

「まあ。ひどいわね」

「仕方ないだろ。実際、俺に近づいてくるのは、そういう女ばかりだったんだから。でも……」

ユークレースがスフェーンの緑の瞳をじっと見つめる。その青い青い瞳は、涼しげなその色とは裏腹な熱を帯び、強い光を放っている。

「でも……、なぜだか、おまえだけは違うって、思ってしまうんだよな」

「……ユークレース……」

「おまえのこの緑の瞳が生き生きときらめくのを見るたびに、なんだか、俺の心まで、弾んで、飛び跳ねる。わくわくして、ドキドキして、生きてるって気持ちになる」

「……」

「俺は、おまえと出会って、初めて、ほんとうの自分を知った。今、おまえが見ている俺がそうだ。俺はおまえの前では何も取り繕《つくろ》わない。だから、おまえも何も隠すな。ほんとうのおまえを俺に見せろよ」

熱っぽいユークレースの言葉が、雷《いかずち》のようにスフェーンを貫いていった。

身体を大きく揺さぶる、熱く、激しい、衝撃。

身震いしながら、スフェーンは悟った。

オリヴィンと入れ替わった、その、ほんとうの理由を。

王女として生まれて、ずっと、王女として生きることばかりを考えてきた。恋をあきらめ、父に言われるままに結婚しようと思ったのもそのためだ。

でも、心の中のどこかに、それを悲しいと思う、もうひとりの自分がいた。

『王女に生まれなかったら、わたしはどんな女の子だったのかしら？』

『オリヴィンのように、恋にあこがれ、しあわせな未来を思い描いていたのかしら？』

王女に生まれついたことを不満に思ったことはないけれど、でも、それは逃れられない重い現実。

だから、夢を見た。

ほんの少しの間だけでもいいから、王女ではなく、ただの女の子として生きてみたいと願った。

スフェーンは、泣き笑いの顔になって、ユークレースの唇に、そっと、キスをする。

「何も隠していないわ。これがほんとうのわたしよ」

嘘ではなかった。

自分はスフェーン。ベルフト王国の王女。

だけど、小間使いのオリヴィンとして過ごした束の間の自分こそが、偽りのない自分だったのだと今は思えるから。

「だったら、声を聞かせろよ」

ユークレースの指先が、掌いっぱいに包んだスフェーンの胸の頂《いただき》を、ぴん、と弾いた。

「あっ……」

「男にしてみれば、黙ってるほうが、よほど『いじわる』だぞ」

ユークレースに触れられた場所が薔薇の蕾《つぼみ》のように固く尖《とが》っていくのが自分でもわかった。そして、尖れば尖るほど、そこが敏感になっていくのだということも。

「……っ……ぁ……」

隠すなと言われたせいじゃない。こらえようと思っても、こらえきれず、甘い吐息が唇を割ってあふれ出す。

指先でつままれたり、指の腹でくるくると円を描くように擦《こす》られたり。

そのたびに、腰の奥のほうから脚の間にかけて、じわり、とぬるい熱が広がって、なんだか、落ち着かない気持ちになった。

じっとしていられなくて、膝をもぞもぞと擦り合わせると、ユークレースが笑いながら耳元でささやく。

「どう？　気持ちよくなってきた？」

スフェーンは、もう、半泣きだ。

「……わからない……。そんなの、わからないわ……」

だって、初めてなのだ。これが気持ちいいのか、そうでないのか、判断がつかなかった。ただ、得体が知れなくて緊張する。それだけだ。

「震えてる」

「ええ……。すごくドキドキしてるの……」

「俺もだよ。さわってみる？」

手を取られ、ユークレースの胸に導かれた。

厚い胸板の下では、スフェーンに負けないくらいの勢いで、心臓が脈打っていた。

「ほんと……。ドキドキしてる……」

「同じだな」

その言葉に少しだけ気持ちが楽になった。強張《こわば》っていた肩から力が抜ける。

スフェーンは、そのまま、ユークレースの胸に掌を這わせた。

「……すごく硬い……。わたしと全然違うのね……」

なめらかな皮膚の下を鎧のような筋肉が覆っているのが直に感じられる。

削ったようにへこんだ鳩尾《みぞおち》も、幾重《いくえ》にも割れ引き締まった腹も、同じように硬質で、これが同じ人間の身体だとはとても思えないほどだ。

臍《へそ》のあたりまで行くと、再び手を取られた。

導かれたのは、びっくりするくらい熱いもの。滾《たぎ》る、男の器官……。

「……あ……」

びっくりして、一瞬、手を引いてしまった。

ユークレースはそれを咎めなかったけれど、好奇心が勝り、スフェーンは、再び、手を伸ばし、それに指先でそっと触れてみる。

勝手に、ぬるぬるして気持ち悪いものという印象をいだいていた。しかし、初めて触れたそれは、さらりと乾いていてなめらかだ。

戸惑うスフェーンの掌を、ユークレースの掌がそれごと包み込む。そこは、信じられないほど、大きくて、硬くて、熱い。

掌に伝わってくる存在感に圧倒され、少し怖くなった。

言葉も出せないでいるスフェーンの掌を包んだまま、ユークレースがそっと掌を揺する。

途端に、スフェーンの掌の中のものが、びくん、と脈打った気がして、スフェーンは小さく悲鳴を上げた。

「いや……。離して……」

けれども、ユークレースは許してくれない。

「気持ちいいから、だめ」

「……気持ち、いいの……？」

「ああ。すごく、いい」

耳に触れた吐息は、陶酔を含んで、甘かった。

スフェーンは、ユークレースを包んだ掌に、こわごわと力をこめる。

ユークレースが低く呻いた。

ユークレースの熱が伝わったように、スフェーンの身体にも熱い痺れが、じわり、と広がる。

いつしかしどけなく開いていた膝を撫でながら、ユークレースの掌が内腿の間に入ってくる。

「あっ……」

いつもは慎み深く閉じた場所を指先がなぞった。

それだけで、身体が、びくん、と大きく震え、熱を増す。

逃れることも、もがくこともできないまま、されるがままになっているスフェーンのそこを
何度かそっと撫でたあと、ユークレースはほんの少しだけ指先に力をこめた。

ぬるりとした感触と共に、指先がスフェーンの中に入ってくる。

「ひぁっ……」

思わず身をよじって逃れようとすると、強い腕に、引き止められ、抱き寄せられた。

「おまえも気持ちよかったんだな」

「いや……、そんなこと、言わないで……」

「もっと、気持ちよくなろう。俺のも、さわって」

熱っぽい声でねだられる。

言われるがままにユークレースのそこに触れると、ユークレースの指先が、さらに、身体の
奥深くに入り込んできた。

「あ……ん……」

最初に感じたのは違和感。なのに、ゆっくりと指を出し入れされたり、中をかき混ぜるようにされたりする内に、身体がユークレースに馴染《なじ》んで、とろけるようにやわらかくなっていく。

スフェーンの掌の中のユークレースは、一段と膨《ふく》れ上がり、熱を増していた。

やさしく撫でさすると、スフェーンの指を弾くほどに、びくびくと震えるのが、たまらなくいとおしい。

素直に、気持ちいいと思えた。

これは大好きな人とする特別な行為。こうして、互いに求め合い、高まって、やがて、心も身体も一つになる……。

「……ふ……ぁ……」

すうっと何かが背中を伝って、頭のてっぺんで弾けた。

浅い眩暈のような感覚。

なんだか、もう、身体を起こしていられない。

ユークレースに触れられていない場所までもがひどく敏感になっていた。全身が、痙攣《けいれん》するように震えて、息をするのもつらい。

ユークレースは、ぐったりと力の抜けたスフェーンの身体を抱き寄せ、寝台の上に横たえた。振動で甘い香りが立ち上る。濃厚で官能的な薔薇の香り。

上からユークレースが覆いかぶさってきた。

膝を割られ、足を開かれる。

いよいよなのかと思ったら、身体の芯が、じわり、と疼《うず》いた。

これは一生に一度の恋。

もう、覚悟は決めた。

この一夜、この一瞬に、すべてを捧げ、燃やし尽くす。

「好き……。大好きよ……。わたしはあなたを愛してる……」

すぐ真上にある青い青い瞳を見つめてささやくと、ユークレースは、スフェーンの手を取り、その甲にキスを一つ。

「俺も……、俺もおまえを愛してる」

「わたしがおばあちゃんになっても、そばにいてね。一生、わたしを離さないで」

それは、ありえない未来。決してかなうことのない夢。

だとしても、スフェーンが心から願ったことは真実だから。

そんなこと、なんにも知らないで、ユークレースは笑った。

「当たり前だろ」

ああ、好きだなぁ、と思う。

なんのためらいもなくまっすぐに返される言葉と気持ちが心地《ここち》よい。

ユークレースの指先によってとろけそうにやわらかくされた部分に、熱い塊《かたまり》が触れてくる。

先ほど掌に包んだユークレースの男はびっくりするくらい大きかった。

あんな大きなものがほんとうに入るのだろうか？

そう思うと、不安で、思わず身震いしてしまうけれど、それでも、ユークレースと一つになりたい。しあわせな未来が望めないなら、せめて、愛された思い出が欲しい。

「痛いか？」

ユークレースの声は心配げだ。初めてのスフェーンを気遣ってくれているのだろう。

ユークレースは、粗野《そや》で、乱暴そうに見えて、その実、すごく紳士だ。正義感にあふれ、そして、とても、思いやりがあり、やさしい。

たとえ馬番でも、今夜だけは、彼がスフェーンの王子さまだった。どんな困難にも勇敢《ゆうかん》に立ち向かい、お姫さまを救い出す王子さま。どの物語の、どの英雄よりも、ずっと、ずっと、すてきな、一夜限りの……。

声を上げて泣き出してしまいそうなのをなんとかこらえ、スフェーンは微笑んで首を横に振る。

「大丈夫……。きて……」

ユークレースが苦しげに目を細めた。

「おまえが俺を煽《あお》ってどうするんだよ？　おまえにはできる限りやさしくしたいと、今にも切れそうな理性を俺がどれほどの努力でつなぎ止めているのか、おまえ、わかってるのか？」

「わかってるわ。あなたはいつだってやさしいもの」

スフェーンは微笑んでうなずく。

「でも……、いいのよ……。我慢なんかしないで。あなたの好きにして」

「おまえって……」

吼えるように言って、ユークレースはため息をついた。

「おまえと出会ってから、いつだって、俺はおまえに振り回されてばかりだ。この俺をこんなにも翻弄《ほんろう》するのはおまえくらいなもんだぞ」

「……そんな……」

「でも、仕方がない。これが惚《ほ》れた弱みってやつなんだろう。愛してる。愛してる。おまえをどれだけたいせつに思っているか、この胸を切り開いて見せてやりたいよ」

スフェーンは、だるい両手を上げ、ユークレースの頬に指先で触れる。

「わたしもあなたに翻弄されてばかりよ。わたしたち、案外、似た者同士ね」

ユークレースの青い青い瞳がみるみる内に笑み崩れる。

額が、額に、こつん、とぶつかった。

「ああ……。そうかもしれないな……」

瞳を見交わしあって、微笑み合って、それから……。

ゆっくりとユークレースがスフェーンの中に入ってきた。

相変わらず、スフェーンを労《いた》わるように、そっと、そっと、やさしく。

ユークレースの心遣いにもかかわらず、狭い場所を広げられる痛みは、やはり、尋常《じんじょう》じゃなかった。

それでも、やめてほしいとは思わない。

身体は辛くても、心は満たされていく。

やっと、ほんとうの恋人同士になれたという気がした。

たとえ、束の間の恋人同士でも。

ぴったりと密着した胸と胸の間にわだかまる熱。

耳元にかかるユークレースの吐息も、熱い、熱い。

ユークレースを受け入れている場所の痛みがなくなったわけではないのに、次第に、頭の芯がぼおっとして、背中がぞくぞくし始める。それは、今夜覚えたばかりの『気持ちいい』に似た、どこか切羽詰《せっぱつま》ったような陶酔だ。

「……は……あ……」

甘い吐息を吐きながら、スフェーンは両腕を伸ばしてユークレースの背中をかきいだいた。

信じられないくらい、しあわせだった。

眦《まなじり》を涙が伝う。

あとは、もう、何がなんだかわからなくなった。

竜巻か、そうでなかったら海峡の渦の中に放り込まれたみたいに、突き上げられ、揺さぶられて、スフェーンは、ただ、叫ぶことしかできなかった。

好きよ。

愛してる。

あなただけ。

いったい、何度口にしただろう？

自分でも数え切れないほどの愛の言葉をユークレースに浴びせ続け……。

長かったような、終わってしまえばあっという間だったような嵐が過ぎ去り、やがて、静《せい》寂《じゃく》が戻ってきた。

荒い息をつきながら、ユークレースが、入ってきた時よりもさらに慎重に、静かに、己を引き抜く。

どろり、とあふれていくのは、ユークレースとスフェーンの快楽の名残《なごり》。

途端に、耐え難いほどの淋しさに見舞われた。

離れたくない。もっともっと、くっついていたい。

そんなことを言ったら、ユークレースは笑うだろうか？　それとも、面倒くさいと疎《うと》ましがられる？

淋しい。淋しい。

（もう、これで終わりなの？）

そんなスフェーンの気持ちに気づいたのか、それとも、ユークレースも離れ難かったのか。

ユークレースは、隣に横たわると、スフェーンの頭の下に片腕を入れ、ぐったりと寝台に身を預けているスフェーンをやさしく抱き寄せる。

「身体、大丈夫か？」

スフェーンは、頬を染めながら、こくん、とうなずく。

再びユークレースと触れ合えることがうれしかった。激しく抱き合ったり、甘いくちづけを交わすのも気持ちいいけれど、こうして、ただ、互いの体温を分け合うように寄り添っているのも、同じくらいスフェーンをしあわせにしてくれる。

その青い青い瞳で、スフェーンをいとおしげに見つめ、はちみつ色の髪をそっと撫でながら、ユークレースは言った。

「明日のことだけど……」

一気に緊張して、スフェーンは、ぴくり、と肩を震わせる。

かまわず、ユークレースは続けた。スフェーンを安心させようとするような、穏やかな声で。

「スフェーン姫は、ほんとうにアウィン王子を選ばないと言っているんだな？」

ときめきとは違う、もっといやな感じに胸の鼓動が速くなるのを感じながら、スフェーンはできるだけ平静を装ってうなずいた。

「ええ。そうよ。まちがいないわ」

「そうか……」

ユークレースは、落胆しているようにも、安堵《あんど》しているようにも見える。

ほんとうのところはどちらなのか、怖くて、とても聞けない。

「アウィンさまはすてきな方よ。きっと、ほかに、いい方が見つかるわ」

そんなような当《あ》たり障《さわ》りのないことを言って、この場を取り繕うことしかできなかった。

必死の演技が功を奏《そう》したのか、ユークレースは、スフェーンの態度を、特段、不自然だとは思わなかったらしく、ただ「そうだな」とだけ言って、スフェーンの額にキスをする。

「明日、ベルフト国王陛下がおいでになったら、おまえを妻にもらい受けたいと願い出るつもりだ」

「……ほんと……？」

「ああ」

「……うれしい……」

「そのあと、一度俺ひとりでドレイクに帰ることになるだろう。ほんとうは、おまえを連れて帰りたいところだが、俺にも用意がある。でも、できるだけ早く迎えに来るから、俺を信じて待っていてくれ」

ああ。それができるのなら、どんなにすてきなことか！

冷たく硬くなっていくような気持ちを押し隠し、スフェーンは精いっぱいの微笑みを作った。

「ええ……。待ってる……。待ってるから、早く迎えにきてね……」

最後まで嘘しか言えないことに、胸を引き裂かれそうな痛みを感じながら、スフェーンはユークレースの青い青い瞳をそっと見つめた。

もう、会えない。

この瞳も今夜で見納め。

（さようなら……。ユークレース……）

さようなら。わたしの最初で最後の恋。

◇◇◇

久しぶりに身につけたコルセットはひどく苦しかった。

フリルやドレープをたっぷり取ったローブは重く、袖に取りつけたレース飾りも、胸元を飾る真珠をちりばめたネックレスも、なんだか邪魔で煩《わずら》わしい。

（いつも、こんなだったかしら……？）

心の中でため息をつきながら、スフェーンはスフェーンの身の回りのしたくを粛々《しゅくしゅく》と進めていく小間使いたちの様子を見守る。

胸元のレース飾りを慣れた手つきでローブに縫いつけているのはオリヴィンだ。

スフェーンがベルフト王女に戻ったように、オリヴィンは元の小間使いの姿に戻っている。

今日のローブは目も覚めるような青のサテンだ。同色でさりげなく施された薔薇の刺繍と、ところどころにあしらわれた小さな薔薇の花の飾りが、たいそう愛らしい。

ローブは、一般に、上下一体で、前幅の足りないガウンのような形をしている。そのままでは胸元から下着が見えてしまうので、胸の部分には、レースやリボンで飾られた胸当てをつけるのだが、これは着用するたびに縫いつけて使用する。

袖口には、幾重にもレースが重なった飾りを付け、腰から下には、ペチコートを重ねて穿《は》く。

一番上のペチコートは『慎み』。二番目が『軽薄』。そして、最後が『秘密』。

スフェーンは、このペチコートの下に秘密を隠している。誰も知らないユークレースとの思い出が、そこでひっそりと息をひそめている。

でも、そんなの、スフェーンだけの話じゃない。

きっと、女は誰だって一つくらいは持っている。甘く狂おしい秘めごとを心の中の小箱にしまっている。

そうして、全部忘れたふりをする。そんな小箱なんて最初からなかったように振る舞って、今日という日を生きていく。

「できました」

オリヴィンがそう言って鏡を差し出した。

鏡の中には、久しぶりに見るスフェーン姫としての自分が映っている
ブロケードよりも軽く鮮やかで、ぬめるような光沢を放つサテンは最近流行中らしいが、この色は、なんだか、ユークレースの瞳の色を思い出して滅入る。

「お似合いですわ」

たぶん、たくさん泣いたのだろう。オリヴィンの目は少し赤かった。

それでも、こうして笑顔で仕事に励んでいるオリヴィンは、ほんとうに健気《けなげ》だと思う。

小間使いたちが片づけをするために部屋から出ていく。扉に薔薇のレリーフのあるスフェーンの部屋ではなく、オリヴィンがスフェーンとして使っていた客間だ。

スフェーンの部屋には、まだ、ユークレースの気配が濃厚に漂《ただよ》ったまま。あそこにいたら、悲しくて、苦しくて、きっと、大声を上げて泣き出してしまう。

オリヴィンも使っていた針と糸をしまいに部屋を出ようとした。

スフェーンはその華奢な背中をそっと呼び止める。

「オリヴィン。ほんとうに、いいの？」

振り向いたオリヴィンは笑顔だった。

「はい。わたしも姫さまとお供させてください」

いったい、どれほどの覚悟だったのか。オリヴィンの胸中を思うと、自分のこと以上に胸が痛む。

「アウィンさまには真実を打ち明けたの？」

そう聞くと、オリヴィンは静かに首を横に振った。

「いいえ……。なんにも……」

「そう……」

「あたしなんかが姫さまを騙《かた》るなんてバチあたりだって、こんなこと考えるなんて姫さまにも申し訳ないってわかってはいるんですけど、でも、アウィンさまの記憶の中では、こんな小間使いのあたしじゃなくて、きれいなプリンセスのままでいたくて……」

ずっとこらえていたのだろう。オリヴィンのさわやかな緑の瞳から、ぽろり、と涙がこぼれ落ちる。

きれいな、きれいな、涙。

どうにかしてあげられるものなら、どうにかしてあげたかったと、心の底から思う。

「申し訳ないのは、わたしのほうよ。オリヴィンはちっとも悪くない。わたしが全部いけないの」

スフェーンは手にしていた手巾《ハンカチ》でオリヴィンの目元を拭《ぬぐ》った。

オリヴィンがあわててあとずさる。

「だめです。姫さま、そんなことをなさっては。もったいのうございます」

「どうして？　わたしたち、共に、初めての恋を失ったばかりの、いわば仲間よ。同士は、共に、慰め合い、励まし合うものでしょう」

「姫さま……」

「わたしも何も言えなかった。心の中では、ちゃんとお別れをしてきたけれど、ユークレースがそれを知った時のことを考えると、胸が張り裂けそうよ」

「姫さま……。姫さま……。わたしもです……。わたしも同じです……」

ふたりは、しばし、手を取り合って、涙を流した。

どんなにどんなに流しても、涙は尽きることがない。

もしも、いつか枯れる日が来るとしたら、その時、ユークレースへの思いも枯れていくのだろうか。

その日が早く来てほしいと思う一方で、一生、この思いを失いたくないとも思う。

自分の気持ちなのに、少しも整理がつかなくて、つらい。

「姫さま。そろそろお時間ですわ」

オリヴィンが時計を見て言った。

「そうね」

スフェーンもうなずいて涙を拭う。

父は、朝早くには、もう、来ていた。

久しぶりのアナトリを見て回り、そのあと、一休みしてから、求婚者たち全員とサロンで会い、それぞれと挨拶を交わすことになっている。

スフェーンが行くのはそのあとだ。

父には、当然、誰にしたのかと聞かれたが、その時に話すとかわしておいた。

修道院に入ると宣言した時、父がどれだけ激怒するのか考えると、今から頭が痛い。

たとえば、こんなふうに言ってみようか。

『パイロープさまやラリマールさまと無理やり結婚させても無駄《むだ》よ。絶対に、その結婚生活は長くは続かないわ。最初からうまくいかないとわかっているのに嫁ぐなんて、税金の無駄遣い。不毛の極《きわ》みよ』

そう言えば、父のことだ。「勝手にしろ」と怒り出すに決まっているから、お言葉に甘えて勝手にさせてもらえばいい。

いろいろと考えながら、スフェーンはサロンへと向かう。

着替えをする前、サロンを、ちらり、とのぞき見した時には、まあまあ和《なご》やかな雰囲気だった。

パイロープもラリマールもきちんと正装をしていて、ラリマールが真面目くさっているのは、まあ、いつものこととしても、パイロープまで、スフェーンの前では見せたことのない真剣な顔をしていたのが、なんだか、妙に悔《くや》しい。

アウィンはこちらに背中を向けていたし、奥のほうにいたのでよくわからなかったが、大国の王子らしい、きちんとした身なりだったような気がする。

そして、アルマンディンはといえば……。

自分の家のような顔をして、父を含めた全員にヴィノグラート産のワインを振る舞っていた。

今回は、求婚者たちは、いわば『お客さま』だから、父は、政治的な色合いの強い謁見《えっけん》の間ではなく、社交の場であるサロンで会うことを選んだのだろうが、だからって、アルマンディンは無礼講《ぶれいこう》過ぎる。

どちらかといえば堅物《かたぶつ》な部類の父と、あれでよく親しくしていられると時々不思議に思うこともあるが、人と人との相性は理屈では割り切れないのだ。スフェーンはそれを五人の求婚者たちから学んだ。

サロンへ向かう足取りは重い。

ともすれば、引き返して、どこかに逃げ出してしまいたい気持ちを必死に抑えながら廊下を進んでいくと、扉の前に侍従《じじゅう》たちが数人いるのが目についた。彼らは、一様に戸惑っているようだ。

サロンからは、扉越しに、父の不機嫌そうな声が聞こえてくる。

スフェーンの求婚者たちは、父のおめがねにかなった、いわば父のお気に入り。

もし、誰か父に失礼な真似をする者がいるとしたエピドートぐらいだろうが、エピドートは一足先にアルマンディンとアウィンが追い出してしまったし、父が不機嫌になる理由がわからない。

「何かあったの？」

スフェーンが問うと、侍従たちが、話してもいいのかどうかというように顔を見合わせ、スフェーンから目をそらす。

スフェーンは少し語調を強めて言った。

「わたしにも関係のあること？」

「それは……」

「教えて。事情を知らなければ対応のしようがないわ」

スフェーンの訴えはもっともなことだと受け止められたらしい。一番年上で、位も高い侍従がおずおずと口を開く。

「それが……、ドレイク王国の第一王子さまが……」

「アウィンさまね？　アウィンさまが、どうかなさったの？」

まさか、と思った。

アウィンは、おしなべて、控えめで、穏やかだ。あえて、父の感情を逆撫でするような真似をするとはとても思えない。

侍従は、言いにくそうに、口をもごもごさせた。

「ですから……、そのアウィンさまが……、自分は求婚を辞退したいと急におっしゃられて、それで、陛下が、姫さまのどこが気に入らないのかとお尋ねに……」

「なんですって!?」

求婚を辞退？

それって、スフェーンとは結婚したくないと、そういうこと!?

スフェーンとしてアウィンに会ったのはオリヴィンだ。

オリヴィンはそれを打ち明けなかったというから、アウィンはまだオリヴィンのことを王女だと思っているはず。

ということは、アウィンはオリヴィンとは結婚したくないと、そう言っていることになる。

(ありえない!!)

スフェーンは憤《いきどお》った。

不誠実なアウィンの態度に猛烈に腹を立てた。

オリヴィンに好きだと言ったくせに。

抱き締めて、キスだって、したくせに。

（あれは全部嘘だったの⁉）

スフェーンは、急いで部屋の扉に近寄り、耳を押し当てる。扉の向こうから、父の不機嫌なのを隠そうともしない声が響いてきた。

「では、アウィン王子。そなたは、我が娘スフェーンではない別の娘を妻に迎えたいと言うのだな」

少しくぐもった声で、それでも、毅然《きぜん》と、アウィンが答える。

「さようでございます。陛下」

「スフェーンがそなたを選ぶとも限らない」

「それは、もちろん、わきまえております」

「では、ことさら、辞退など言い出す必要はなかろう。我が娘を侮辱《ぶじょく》され、世は不快である」

「スフェーン姫を侮辱するつもりは毛頭《もうとう》ございません。陛下。そのことだけは、どうぞ、ご理解ください。ただ、私の愛は、既に、スフェーン姫ではない、とある女性に捧げられてしまいました。今の私はすべて彼女のものです。そのような身でありながら、スフェーン姫の前に求婚者として立つことは、あまりにも不誠実ではありませんか。私には、とてもできません」

扉越しのせいか、アウィンの声はいつもと違って聞こえた。

それでも、アウィンが真摯《しんし》なのはひしひしと伝わってくる。

アウィンはその誰かのことを心から愛しているのだ。

オリヴィンではない、その誰かのことを。

（それじゃあ、オリヴィンの気持ちはどうなるの？）

オリヴィンは、あんなにもアウィンのことが好きで、そのために、泣いて、泣いて、スフェーンと一緒に修道院に行くとまで思いつめているのに、まさか、全部戯言《ざれごと》だったの？　オリヴィンは気まぐれな王子さまに弄《もてあそ》ばれていただけだったの？

（許せない……。そんなの、絶対に、許せないわ……!!）

スフェーンは、怒りに任せて、扉を蹴《け》破る勢いで開けた。

背後で必死になってスフェーンを引き留めようとしている侍従たちの声も耳に入らない。

問い質《ただ》さなければ。

オリヴィンとのことはただの遊びだったのか、確かめなければ。

返答によっては制裁も辞さないつもりだ。

荒縄《あらなわ》で縛って城門に逆さ吊りにしてやろうか。それとも、錘《おもり》をつけて池に放り込んでやろうか。

（オリヴィンは真剣だったのよ……）

おとなしそうな顔して、誠実そうな振りして、だますなんて、ひどい！！！！

アウィンは、父の足元にひざまずき、許しを請うように頭を下げていた。

スフェーンは、つかつかと歩み寄ると、アウィンの襟首を掴み上げる。

「ほかの女って、誰!?」

悔しさのあまり、涙があふれて、視界がぼやけた。

「好きだって、言ったくせに！　キスだってしたくせに！　あれは、全部、嘘だったの!?」

オリヴィンにあんなしあわせそうな顔をさせておいて、今さら、全部嘘でした、なんてひど過ぎる。

いったい、オリヴィンになんて説明すればいいんだろう？

あなたの大好きだった王子さまはとんだ食わせ者だったのよ、なんて、とても、言えない。

（オリヴィンはアウィンさまのことを信じてたのに……）

「そうよ……。心の底から、あなたを信じてたのに……。裏切るくらいなら、最初から好きにさせないでよ!!」

一気にまくしたてると、こらえていた悲しみがこみ上げてきた。

ぼろぼろと、涙が頬を転げ落ちる。あとからあとからあふれ出して、頬をぐっしょりと濡らす。

アウィンの襟首を締め上げたまま、うっ、うっ、としゃくり上げるスフェーンの耳に、かすかな、かすかな、声が聞こえてきた。

「……オリヴィン……？」

「……へ？」

今のは、聞こえるはずのない声だった。呼ばれるはずのない名前だった。

驚いて、涙に濡れた緑の瞳を、ぱちり、と見開くと、すぐそばで、驚愕《きょうがく》したように自分を見つめている青い青い瞳に気づく。

「……嘘……」

どうして？

なぜ、ここに、ユークレースがいるの？

それに、何？　その立派な衣装は。

それじゃあ、馬番じゃなくて、まるで王子さまじゃないか。

「……え？」

王子さま？

「え？　え？　え？」

まさか、ユークレースがアウィン王子？

じゃあ、あの、熟《う》れた小麦のような髪に薄青い瞳をした、どこかふんわりした雰囲気のアウィン王子は、いったい、誰？？？

「スフェーン。いったい、どういうことだ？」

父であるベルフト王が、ものすごく怖い顔をして、スフェーンといまだにスフェーンに襟首を掴み上げられたままの王子さまを見下ろしていた。

「え、えっと……、お父さま……。つまり、これは、その……」

「なんだか、好きだとか、キスだとか、言っているのが聞こえてきたような……」

「それは……」

「アウィン王子共々、いろいろ説明してもらう必要がありそうだな」

スフェーンはぎくしゃくとした動きで周囲を見回す。

パイロープは白けた様子で肩をすくめ、ラリマールは憮然《ぶぜん》としていた。ひとり、アルマンディンだけはおかしそうに笑っているが、どうやら、助けてくれる気はなさそうだ。

「わたし……」

スフェーンは、おどおどと父であるベルフト王を見上げ、それから、今の今までユークレースだと信じて疑わなかった青い青い瞳をした人を見る。

「スフェーン……。おまえが、スフェーン姫……？」

「あ……」

「いったい、どういうことなんだ？」

スフェーンは、青い青い瞳のアウィンの襟首から手を離し、あとずさる。

説明？

(それって、何を、どう、説明すればいいの？)

自分とオリヴィンが入れ替わって、スフェーンのふりをしたオリヴィンがアウィン王子を好きになって、でも、アウィン王子がスフェーンとは結婚したくないなんて言い出すから、それはスフェーンのふりをしたオリヴィンのことを弄んだってことかって頭にきて、踏み込んでみたら、アウィン王子は別の人で――――って、ああ、ややこしい。

　それに、考えたら、さっき自分が口にした言葉。

『好きだって、言ったくせに！　キスだってしたくせに！　あれは、全部、嘘だったの!?』

　あれじゃあ、スフェーンがだまされた女で、青い青い瞳のアウィンが弄んだ男、みたいじゃないか。

　違うのに……。

　あれは、あの薄青い瞳をした偽《にせ》のアウィン王子とオリヴィンのことなのに！

「もう、いやっ……」

　スフェーンは、ぱっと立ち上がると、両手で顔を覆い、脱兎《だっと》のごとく逃げ出す。

　恥ずかしい。恥ずかしい。

　きっと、みんなに誤解されている。

　いや、実際に、スフェーンも青い青い瞳のアウィンに好きだとも言われたし、キスもされたので、厳密には、誤解とは言い切れないのかもしれないが、誰にも内緒の秘めごとを自ら暴露《ばくろ》してしまったようで、いたたまれない。

　スフェーンは、靴を脱ぎ捨て、ローブの裾《すそ》をからげて、必死に回廊を駆け抜けた。

とりあえず、ひとりになりたい。ひとりで、冷静になって、考えたい。

そうだ！　オリヴィンにも相談しなければ。

オリヴィンの愛した薄青い瞳の王子さま。彼は、いったい、誰なのだろう？　もしかしたら、オリヴィンをちゃんとお嫁にもらってくれるような人なのだろうか？

そうであってほしいと、スフェーンは願った。

一度はあきらめた未来を、今度こそ掴み取れるのなら、こんなすてきなことはない。

「あ……」

思わず、足がよろけた。ローブの裾が足にからまる。

転ぶ、と思ったその瞬間、背後から伸びてきた両腕がスフェーンの身体を支えた。

「すごい逃げ足だったな」

すぐ近くでスフェーンを笑いながら見つめているのは、青い青い瞳。

「忘れ物だ」

差し出されたのは、途中で投げ捨てた靴。

ひざまずいてスフェーンにそれを履《は》かせながら、青い青い瞳の彼は探るように問いかけた。

「それで？　おまえは誰なんだ？」

スフェーンは、ローブの裾を下ろし、心をくすぐる青い青い瞳から目をそらして、突き放すように言う。

「あなたこそ、どなた？」

アウィンは、優雅な仕草で、スフェーンの手を取り、その甲にくちづける。

「私はドレイク国王の子でアウィンと申します」

「そう。馬番でユークレースっていう名前なのかと思っていたわ」

「入れ替わっていたんだ」

「それじゃあ、わたしたちがアウィン王子だと思っていたのが、ほんとうは馬番のユークレース？」

「そういうことになるかな」

スフェーンは、知らず知らずの内に詰めていた息を、ほ、と吐き出した。

「よかった……」

アウィンが立ち上がり、スフェーンの緑の瞳をじっとのぞき込む。

「何がよかったんだ？」

「だって、それなら、オリヴィンの恋がかなうかもしれないもの」

「オリヴィン？　もしかして、スフェーン姫のふりをしていたのが？」

「そう。わたしの小間使いよ」

「そうか……。ちっとも気づかなかったな……」

それくらい、オリヴィンは王女らしく見えたということなのだろう。

「オリヴィンはユークレースのことを心から愛しているのよ。でも、彼のことを王子だと思っていたから、決して結ばれることはないと、あきらめていたの」

「スフェーン。おまえはどうなんだ？」

アウィンの青い青い瞳が、きらり、と剣呑《けんのん》な光を帯びる。

「おまえは俺とドレイクに来ると言った。王女のおまえが本気で馬番の妻になるつもりだったのか？」

アウィンは、スフェーンの真意を悟って、怒っているのかもしれない。怒って当然のことをしたという自覚はある。

なのに、今は、初めて自分の名前を呼んでくれたことがうれしくてたまらない。あれほど焦《こ》がれた、自分のほんとうの名前を。

「……そんなこと、できるわけないじゃない……」

そう言うと、アウィンは不快そうに眉を寄せた。

「一緒にドレイクに来ると言ったのは嘘だったんだな。遊びだったたってことか？　馬番の純情を弄んだのか？」

「違うわよ！　オリヴィンがユークレースを好きだったからよ。そうでなかったら、何もかも捨てて、馬番の奥さんにだってなっていたわ。でも、オリヴィンの恋がうまくいかないのに、わたしだけしあわせになれるわけないでしょう」

青い青い瞳に浮かんだまなざしが、少しだけやわらいだ。

「ドレイクに来ないのなら、どこに行くつもりだった？　ピスキス？　アロゴ？　それとも、ヴィノグラート？」

「どこでもないわ」

「嘘をつけ。アルマンディン殿に聞いたぞ。嫁に来いと誘われて、色よい返事をしたそうじゃないか」

「誘われたけど！　でも、色よい返事なんてしてないわ。修道院よ。オリヴィンと修道院に入って、この先、ひっそりと暮らすつもりだったの」

アウィンがため息をつく。

「アウィン王子は選ばないって、そういうことか」

「そうよ。だって、わたしはオリヴィンが好きな、あの薄青い瞳をした人がアウィン王子だと信じていたんですもの。オリヴィンは、アウィン王子はいい人だから、わたしの結婚相手に相《ふさ》応《わ》しいと言っていたけれど、わたしにはオリヴィンの好きな人を奪うような真似はできないわ」

「スフェーン……」

吐息のようにささやいて、アウィンがそっとスフェーンを抱き締める。

「改めて問う。おまえは、誰だ？」

「……ベルフトの王女スフェーンよ……」

「スフェーン姫は馬番の俺でなければいやか？　王子の俺は好きになれそうもないか？」

「馬番だろうが、王子だろうが、あなたはあなたよ」

力強い腕も、熱い抱擁も、やさしいキスも、全部同じ。

「あなたのほうこそ、わたしでいいの？　だって、わたしに求婚したのだって、親に言われて、いやいやだったんでしょう？」

痛いところを突いてやったつもりだったのに、アウィンは楽しげに声を立てて笑う。

「まさか、おまえみたいな姫君に出会えるとは思ってもいなかったからな」

「悪かったわね。オリヴィンのほうがよっぽど王女らしいとわたしも思うわ」

「でも、俺はおまえが王女でよかったと思ってる」

スフェーンを見つめるアウィンのまなざしが、ふいに、甘くなった。

「おまえが王女なら、なんの問題もない。堂々と、ドレイクに連れていける。俺の妻として」

「……アウィン……」

「もっとも、おまえのお父上を説得する必要はありそうだが……。いったい、どういうことなんだって、ひどくご立腹《りっぷく》のご様子だったからな」

父に事情を話したら、きっと、大目玉をくらうことになるだろう。

でも、アウィンと一緒なら、それも平気。

ふたりなら、なんだってできそうな気分。

「大丈夫よ。きっと、おじさまが取りなしてくださるわ」

「おじさまって、アルマンディン殿か？」

「ええ。ほんとうのことを言うと、おじさまが迷っているわたしの背中を押してくださったの。あなたのことが好きなら、身分とか、そんなの考えないで、好きって気持ちに素直になりなさいって」

途端に、アウィンが眉を寄せる。

「スフェーンはアルマンディン殿とは顔見知りだったんだよな」

「ええ。赤ちゃんのころからのおつきあいよ」

「で、おまえが馬番のユークレースとの身分違いの恋に悩んでいるのも知っていた……」

「そういうことになるわね？？？」

「あの、クソオヤジ……」

アウィンの口から、とても一国の王子のものとは信じられないような、粗野な言葉が飛び出した。

「俺もアルマンディン殿とは、以前からの顔見知りだ」

「えっ!?」

ということは……。

「もしかして、おじさまは、最初から、あなたが馬番のユークレースではなくアウィン王子だって、知ってたってこと？」

「ああ。そして、俺が小間使いのオリヴィンとの身分違いの恋に悩んでいたのも知っていた」

「まあ。なんてことでしょう」

言われてみれば、アルマンディンがこのアナトリに到着した時のアウィンの様子もちょっとおかしかったような気がする。自分が馬番のユークレースであると、過剰なくらい主張していたような……。

あの時は、スフェーンも焦《あせ》っていたから気づかなかったが、今にして思えば、うなずけることもなくはない。

エピドートの紳士にあるまじき振舞いに怒って、アルマンディンに訴え、結果、早々にエピドートを追い返してしまったのも、あの薄青い瞳をした偽のアウィンではなく、この青い青い瞳をした本物のアウィンなのだろう。

アウィンならば、目の前でエピドートの暴力を見ていたし、何より、被害者となったスフェーンを愛していたのだから、その怒りは尋常ではなかったのかもしれない。

「おじさまったら、うろたえるわたしたちを見て楽しんでいたのね」

「ほんと、食えないオヤジだよな」

「あなたの前で、わざとわたしと親密なふりをして見せたのも、きっと、そのせいよ」

アウィンにヤキモチを焼かせ、ふたりの仲を引っかき回して面白がっていたに違いない。

「そんなことしないで、最初からほんとうはあなたがアウィンだって教えてくれたらいいのに」

スフェーンは憤慨《ふんがい》したが、アウィンは笑っていた。

「俺たちは試されたのかもしれないな」

「試された？」

「身分なんて超えてみせるって胸を張って言えるほど、真剣で強い思いなのかどうかってことをさ」

「あ……」

「事前に妨害されなかったってことは、祝福されてるってことなんだろう。アルマンディン殿には感謝すべきだよ」

言われてみれば、そうなのかもしれない。

アルマンディンは、いつも、スフェーンの幸福を願ってくれていた。

もしかしたら、これも甘やかされたってことになるのだろうか？

（おじさまったら……）

アルマンディンの愛情を感じて、胸の内がくすぐったくなった。

「結局、わたしたち、おじさまの掌の上で転がされてたってことなのね」

「悔しいから、見せつけてやろうぜ。アルマンディン殿が思っていたのよりも、もっと、もっと、しあわせになって、アルマンディン殿を見返してやるんだ」

アウィンの掌が頬を包む。

甘いささやきが唇に触れる。

「来るんだろう？　ドレイクに。そして、おばあちゃんになっても、ずっと、俺と一緒にいるんだろう？」

「アウィン……」

「結婚しよう。スフェーン。もう、俺たちを遮《さえぎ》るものは何もない」

唇に唇が触れた。

心ごととろけそうなほど、やさしいくちづけ。

「返事は？」

気持ちは、もう、決まっている。

あとは、うなずくだけ……。

スフェーンは「お受けします」と言おうとしたが、その時、ふいに、オリヴィンのことが頭に浮かんだ。

「待って。オリヴィンにも知らせなきゃ……」

オリヴィンは、まだ、何も知らずにいるはず。

「オリヴィンが好きだったアウィン王子は、実は、アウィン王子ではなく馬番のユークレースだというなら、オリヴィンの恋もかなうということよね？　まさか、あなたはふたりのことを反対したりはしないでしょう？」

「俺はそんなつもりは毛頭ないが……」

「ユークレースは、オリヴィンのこと、本気かしら？」

そこだけが、少し、不安だった。

たとえば、ユークレースがオリヴィンに対して抱いていたのが、オリヴィンが実は小間使いであったことを知った途端、消えていってしまうような、弱くて曖昧《あいまい》な気持ちだったら、どうしよう？

もっと言うなら、ユークレースは、ただその状況を楽しんでいただけで、オリヴィンの恋心を、弄んでいたのだとしたら？

（そんなの、オリヴィンがかわいそうだわ）

オリヴィンは本気でユークレースのことが好きなのに。

だが、アウィンの言葉がその不安を消していく。

「あー。言いにくいんだけど、俺は、今回のこの結婚には、いっさい、興味がなかったんだ。ベルフトの王女と会うのも勘弁っていう気分だった。だから、俺の代わりにユークレースをアウィン王子に仕立てて王女の相手をさせる、なんていうバカげたことも思いついた」

どうやら、『親に言われて仕方なく』というのは偽りのない本音だったようだ。

過去にいろいろあったらしいから――そこのところは、そのうち、きっちり、問いつめなければ――――、そのせいで、いささか女性不信ぎみになっていたのかもしれない。

「ユークレースは、代々、王家の馬番を務《つと》めている家の出身で、本人も、馬に関しては、とても優秀なんだ。俺とは、年齢も近いし、家臣とはいっても、幼なじみみたいなもんだよ。だから、俺の気持ちもよくわかっていて、こんな茶番にもつきあってくれたんだと思う」

「そうなのね……」

「まあ、そんなわけだから、ユークレースには、特に王女に好かれるよう努力しなくてもいいと言ってあったんだ。むしろ、きらわれたほうが後腐れがなくていいとさえね」

「ひどいわ」

そうは言ってみたものの、スフェーンにも気持ちはわからなくはない。スフェーンだって、この結婚にはちっとも乗り気ではなかったのだから。

「でも、それがほんとうなら、ユークレースは主《あるじ》であるあなたの意志に逆らって、オリヴィンと、その……、ああいうことになっちゃった、ということなのね」

「誠実で、心根のやさしいやつなんだ。ユークレースが本気でないわけがない。だが、オリヴィンのほうはどうなんだ？　まさか、王子との恋にあこがれていただけ、なんてことはないよな？　もし、そうならユークレースが哀れだが……」

その言葉を聞いて、スフェーンは少しおかしくなった。

なんだか、ふたりして、全く同じ心配をしていたみたい。

（わたしたち、どこか似た者同士なのかもしれない）

親に無理やり押しつけられた結婚話がいやで、スフェーンは小間使いのオリヴィンと、アウィンは馬番のユークレースと入れ替わっていた。

（ほんと。全くおんなじことをやってるわね）

くすり、と笑いながら、スフェーンはアウィンの青い青い瞳を見上げた。

「大丈夫。オリヴィンは、そんな子じゃないもの。ほんとうのことを伝えたら、きっと、喜ぶわ。一生に一度の恋をあきらめなくてもいいって、あのさわやかな緑の瞳をきらきら輝かせるに決まってる」

「そうか」

アウィンも笑っていた。

（これがしあわせってことかしら……）

あるべきものが全部あるべきところへ収まって、一つも欠けたものがない。

そんな、穏やかで、満ち足りた気持ち。

だから……。

「わたし、オリヴィンにもしあわせになってほしいの。わたしが入れ替わりなんかを頼んだせいで、オリヴィンは悲しい思いをすることになったのよ。わたしだけしあわせになるなんて許されないわ」

そう言うと、アウィンも同意した。

「俺もユークレースにはしあわせになってもらいたいと思っている。もし、オリヴィンとうまくいくなら協力したい」

ふたりは、目と目を見交わしあって、うなずき合う。

「彼女は、今、どうしてる？」

「わたしの小間使いに戻ったの。たぶん、部屋にいるはずよ」

そっと手を取られた。

アウィンにエスコートされて、スフェーンは回廊を急ぐ。

アウィンの仕草は、どこまでも優雅で洗練《せんれん》されていた。

初めて見たブロケードのコート姿もとてもよく似合う。

父に向かって謝罪をしていた時の、態度も、言葉遣いも、とても立派だった。

(ほんとうに王子さまなのね……)

なんだかまぶしいものを見るような気持ちで、スフェーンは隣にいるアウィンを見上げる。

もしも、最初から、王子と王女として出会っていたら、自分たちはどうなっていただろう？

王子らしいかしこまった態度と、王女らしいよそよそしい慎ましさで、お互いのことを知ることなく、ほんの少しの興味さえも覚えなかったりした？

(ううん……。そんなことない……)

どんな場所で、どんな出会い方をしても、自分たちは恋に落ちただろう。

アウィンのあの青い青い瞳を見た瞬間、スフェーンの心は、アウィンに囚われ、魅了された。

スフェーンは最初からそういうふうにできているのだ。アウィンと恋をするように、神さまに作られた。

きっと、オリヴィンとユークレースも……。

「オリヴィンは？　オリヴィンは、どこ？」

いきなり、手に手を取って現れたスフェーンとアウィンに、小間使いたちは驚いたが、そこにオリヴィンはいなかった。

さっきまでいたけれど、という言葉を耳にして、スフェーンは青ざめる。

「まさか、思いつめて、バカなこと考えていないといいけど……」

「どこか、行きそうな場所に心当たりは？」

アナトリの離宮は広大の一言に尽きる。庭園や敷地部分も含めれば、かなりの面積だ。

一口に心当たりといっても、絞り込むのは難しいが……。

「あの菩提樹《ぼだいじゅ》の樹の下は……？」

いつも、夜中に抜け出して、ユークレースとこっそり会っていた場所。もしかしたら、オリヴィンは、あそこで、ひとり、思い出に身を委ねているのかもしれない。

「行ってみよう」

再び、手を取られた。

その手のぬくもりの、なんて心強いこと。

ひとりだったら、もっと、苦しかった。気持ちが、焦って、焦って、きっと、泣き出していた。

もう、離れられないと思う。

この掌のあたたかさを、この先も、ずっと、ずっと、感じていたい。

「オリヴィン！」

菩提樹の樹の下に、ぼんやりうずくまっている人影が見えた。

スフェーンは、急いで駆け寄ると、その華奢な肩を抱き締める。

「オリヴィン……。オリヴィン……。探したのよ……」

「姫さま……」

オリヴィンの目は真っ赤だった。頬はぐっしょり濡れている。

きっと、悲しみに耐えかねて、ここで、ひとり、泣いていたのだろう。

スフェーンは、オリヴィンの手を両手で握り締めると、そのさわやかな緑の瞳をじっと見つめた。

「オリヴィン。紹介したい人がいるの」

「わたしに……、でしょうか？」

オリヴィンは、戸惑った様子で、涙に濡れた瞳をぱちぱちさせる。

自分がとても誰かに会えるような状態じゃないのをわかっていて、それでも、そのことをスフェーンに言い出せないでいるのだろう。

かわいいオリヴィン。

健気なオリヴィン。

早く、その顔が歓喜に輝くのを見たい。

スフェーンは、にっこりとオリヴィンに笑いかけ、それから、肩越しに自分の後ろに立っていた人を振り返る。

その人の澄《す》んだ青い青い瞳も、微笑んでいる。

「オリヴィン。紹介するわ。ドレイク王国のアウィン王子さまよ」

「……え？」

オリヴィンが弾かれたように顔を上げた。

アウィンは、貴婦人にするようにひざまずき、丁寧に頭を下げる。

「スフェーン姫の小間使いオリヴィンですね？　私はドレイク国王の子アウィンと申します」

「え……？　え……？」

「今まで、アウィンとしてあなたと会っていたのは、私の馬番のユークレースです。あなたとスフェーン姫が入れ替わっていたように、私とユークレースもまた、入れ替わっていたのです」

「え……」

最初は何が起こっているのか少しもわからず、うろたえるばかりだったオリヴィンも、アウィンの簡潔な説明によって、真実を悟ったのだろう。

そのさわやかな緑の瞳から、再び、涙があふれ出す。

今度は、絶望ではなく、希望の涙が。

「わかる？　オリヴィン？　わたしたちがアウィン王子だと思っていた人が馬番のユークレースで、ユークレースだと思っていた人がアウィンだったの」

「はい……。はい……。姫さま……」

「オリヴィン。もう、あきらめなくてもいいのよ。わたしたちの恋に障害はなくなったわ」

オリヴィンが両手で顔を覆って泣き出す。

スフェーンはやさしくその肩を抱き寄せた。

アウィンは、真摯なまなざしでふたりを見つめ、それから、穏やかな声でオリヴィンに語りかける。

「オリヴィン。ユークレースに罪はありません。あなたに嘘をついていたことを許してやってください。彼は私の命令に従っていただけで、あなたをだまそうとしたわけではないのです」

「だますなんて……、あたしは……そんな……」

「ユークレースはとても真面目で誠実な男です。それは主であり幼なじみである私が保証します。もしも、あなたがユークレースをほんとうに愛しているのなら、あなたもユークレースの妻として、スフェーン姫と一緒にドレイクに来ませんか？」

オリヴィンが、きょとん、としたように目を見開き、さわやかな緑の瞳をスフェーンに向ける。

スフェーンは、笑って、大きくうなずいた。

「オリヴィン。わたし、修道院に行くのはやめて、アウィンと結婚することにしたわ」

「姫さま……！」

「オリヴィンもドレイクに来てくれたら、すごく心強いんだけど……」

オリヴィンが両手を伸ばしてスフェーンに抱きついてきた。

「姫さま……。姫さま……。おめでとうございます。姫さまがおいでになるところなら、あたし、どこまででもお供します……。でも……」

「でも？」

「あの……、ユークレース、さん？　は、なんて、おっしゃるか……」

萎れる花のようにみるみる内にうなだれてしまったオリヴィンの瞳をのぞきこんで、スフェーンはいたずらっぽく提案する。

「だったら、本人に聞いてみましょうよ」

「え……？　でも、あたし……」

「いやなの？　どうして？　王子さまじゃないユークレースは好きになれない？」

「まさか！」

オリヴィンは、全身で否定するように声を上げ、ぶんぶんと首を横に振った。

「あたしは、あの方が王子さまだから好きになったんじゃありません。あの方が、とてもおやさしい方だったから、だから……」

「オリヴィン……」

「でも……、あたし……。あたしのほうこそ、こんな、なんの取り得もない小間使いで……、あの方に好きになっていただけるかどうか……」

途端に、自身なさげにうつむいてしまったオリヴィンは、やはり、愛らしく、そして、きれいだった。

オリヴィンの中から、まだ、恋は失われていないのだ。ユークレースへの思いが、オリヴィンを、内側から輝かせている。

スフェーンは、そんなオリヴィンをやさしい目で見つめて、少しからかうように言う。

「どうしたの？　オリヴィン。スフェーン姫でいた時のあなたは、もっと、もっと、大胆だったわよ。なんせ、わたしにも黙って、夜中に、こっそり、ユークレースと密会を繰り返していたんですものね」

「姫さま……！　それは……」

「あの時のオリヴィンは、どこに行ってしまったの？　もう、ユークレースのことはあきらめてしまったの？」

うつむいたまま、迷って、迷って、それから、オリヴィンは小さな声で答える。

「……あきらめられるはずがありません……」

「大丈夫よ。オリヴィン」

スフェーンは、オリヴィンに頬をすり寄せ、励ますように微笑んだ。

「アウィンだって言ってたでしょう？　ユークレースは好きでもない人に『好き』なんて言うロクデナシではなさそうよ」

「……はい……」

「もし、万が一、ユークレースがそういういいかげんな人だった場合は、このわたしが、責任持ってユークレースをぶっ飛ばしてあげるわ。だから、オリヴィンはなんにも心配しなくていいのよ。オリヴィンの素直な気持ちをユークレースに伝えればいいの」

そう。アルマンディンも教えてくれた。

恐れず立ち向かうことによって、開ける道もある。立ちすくみ、しり込みしているだけでは何も始まらない。

「行きましょう。オリヴィン。ユークレースはまだ何も知らないはずよ。あなたの口から、真実を教えてあげて」

意を決したように、うなずき、オリヴィンが立ち上がる。

「ユークレースは厩舎《きゅうしゃ》にいるはずだ」

そうして、アウィンに導かれ、三人で厩舎に向かったが……。

厩舎の、ユークレースに与えられていた部屋はもぬけの空だった。

室内はきちんと片づけられ、ユークレースの私物と思われるものはすべて持ち去られている。

部屋の空気はよそよそしく、ほんの少し前までここにいたはずのユークレースの気配さえ感じ取れない。

「あいつ……、逃げたな……」

アウィンが苦々しげにつぶやいた。

「もしかして、このままドレイクにも帰らないつもりか……？」

「どういうこと？」

スフェーンはアウィンに取りすがる。その横で、オリヴィンも不安そうな顔をしている。

「今朝、あいつにはっきりと言ったんだ。『スフェーン姫はアウィン王子と結婚するつもりはないそうだ。だから、スフェーン姫のことはあきらめろ』って……」

「なんてこと言うのよ……」

スフェーンは、こめかみに手を当てて、がっくりと肩を落とした。

「仕方ないだろう」

いらだちを隠しきれない様子で、アウィンが答える。

「おまえが、スフェーン姫がアウィン王子を選ぶことはない、なんて言うから……」

「それは……、まあ、言ったけど……」

でも、それは、全く別の意味でだ。あの時は、あの時で、いろいろ事情があった。

「見込みのない思いなら、早めにあきらめさせるのも主としての務めだと思ったんだよ。機会を失って泥沼にはまり込んでしまえば、それだけ傷も深くなるからな」

アウィンの言うことは正しい。アウィンはアウィンなりにユークレースのことを考えた結果、そのように行動したのだ。

「でも、俺はまちがっていたのかもしれない。ユークレースの気持ちは、もう、引き返せないところまで来ていたのかもしれないな」

「アウィン……」

「スフェーン姫が誰を夫に選んだのか、ユークレースは知りたくなかったんだろう。男なら、誰だって、自分の愛した女が誰か別の男のものになっていくところを見たいものか」

ユークレースの言葉に、オリヴィンが涙を流す。引きつれるように、その唇から嗚咽《おえつ》が漏れる。

「……っ……」

スフェーンは、オリヴィンを落ち着かせるようにその震える肩を撫でながら、アウィンに問いかけた。

「どこに行ったのかしら？」

「わからない。でも、まだ遠くには行っていないはずだ。俺がユークレースの姿を最後に見かけてから、まだ、それほど時間が経っているわけではないし、馬は二頭とも厩舎につながれたままだった」

馬で逃げられたら、まず、追いつけない。でも、徒歩なら、まだ望みはある。

「とりあえず、門番に聞いてみよう。もしかしたら、ユークレースの姿を見ているかもしれない」

「わたしたちはもう一度宮殿内を探してみるわ。オリヴィン。どこか、ユークレースが行きそうな場所に心当たりはない？」

「あ……。もしかしたら……」

「あるの？」

「はい……。アナトリの森の泉のほとり……。あの方は、そこがとてもお気に入りでしたから……」

「わかったわ。わたしとオリヴィンは泉に行ってみましょう。アウィンは門番をお願いね」

うなずいて、確認し合って、部屋を出る。

オリヴィンの横顔は青ざめ強張っていた。かわいそうに。不安でたまらないのだ。

スフェーンは、オリヴィンの背に掌を回し、自分はなんとか笑顔を作る。

「大丈夫よ。オリヴィン。わたしには、ユークレースが心からオリヴィンを愛していると確信できたわ」

「……そう、でしょうか……」

「アウィンの話を聞いていなかったの？　ユークレースは、主であるアウィンへの忠義を捨ててでも、オリヴィンへの愛を選ぼうとしたのよ。でなかったら、アウィンにも黙って出ていったりするはずないじゃないの」

「……はい……」

「ユークレースは、アウィンを裏切ってしまったことに対する罪悪感と、あなたを失った悲しみで、きっと、今、とても傷ついていると思うわ。それを癒《いや》してあげられるのはオリヴィンだけよ」

オリヴィンは、両手をきつく握り合わせ、何度も、何度も、うなずいた。

「はい……。姫さま……。はい……。はい……」

ふたりして、庭園を抜け、森に向かう。

アナトリの森は深い。一歩足を踏み入れれば、入り組んだ迷路のように立ち並ぶ木立や、その下の灌木《かんぼく》の繁みに迷わされ、容易には出てこられない。

それでも、森の入り口あたりは、木々もまばらで、道も整備されている。泉は、その森の入り口あたりにあった。泉の水は透き通り、あたりの景色は美しい。散歩をするにはちょうどよいところだ。

ようやくその森の入り口が見えてきたころ、後ろからアウィンが追いかけてきた。

女ふたりの足に簡単に追いつくと、アウィンは少しだけ乱れた呼吸で言った。

「どうやら、離宮の敷地から外には出ていないみたいだな」

「ということは、まだ、中にいるってことね」

「とりあえず、泉に行ってみよう。俺が先に行く」

スフェーンは、あっという間に遠ざかっていくアウィンの存在を頼もしく感じながら、その広い背中を追いかける。

すぐに、泉が見えてきた。

オリヴィンが静かな声で語り始める。

「あの泉のほとりで、あの方は、言ってくださったんです。『僕は、親に言われて、いやいや、ここに来ました。でも、今は、来てよかったと思っている。だって、あなたに会えたから』って」

「……そう……」

「今でも、はっきり覚えています。その時の声音もあの方のまなざしも……。あたし、あの方が大好きです」

たぶん、オリヴィンは、スフェーンよりも先に、その姿を見つけていたのだろう。

オリヴィンのさわやかな緑の瞳に光が宿る。愛しい人を映して、きらきらと輝く。

スフェーンが、ようやく、泉のほとりに佇むユークレースの姿を認めた時、ユークレースは、逃げようとしたところを捉えられたように、背後からアウィンに腕を掴まれていた。

「待てよ！　ユークレース！」

しかし、ユークレースは、アウィンの静止を聞き入れず、もがき続けている。

「離してください！　王子。僕には、もう、王子にお仕《つか》えする資格がないんです」

「資格があるかどうかは俺が決めることだ」

にべもなく言われて、ユークレースの唇から悲痛な声が迸《ほとばし》った。

「だって、僕は王子を裏切ってしまったんですよ？　取り返しのつかない過《あやま》ちです。なのに、僕は、それをいっさい、後悔してはいないんです。こんな恐ろしいこと、許されていいはずがありません」

「過ち？　それは、おまえが、スフェーン姫を愛してしまったことか？」

「……はい……」

「俺があきらめろと言ったのに、その命に従わなかったことか？」

ユークレースの身体から力が抜ける。

ユークレースは、ずるずると土の上にうずくまり、両手で顔を覆った。

「だって……、好きなんです……。スフェーン姫は、僕のすべてなんです……。あの人のためだったら生命《いのち》をかけてもいい……。それくらい、愛しているんです……」

「相手は王女だぞ？　馬番のおまえの妻になれるわけがない」

「わかっています……。わかっています……。あの人が王女でなければと、どれだけ思ったことか……。ただの娘であれば、僕にも希望はあったのに……！」

血を吐くような告白だった。

あの穏やかでおとなしそうに見えたユークレースの、いったい、どこに、これだけの熱情が隠れていたのか。

（確かに、この勢いで迫られたら、オリヴィンもひとたまりもないわね）

苦笑しながら、横にいるオリヴィンに視線を移すと、オリヴィンは、頬を紅潮《こうちょう》させ、まっすぐにユークレースを見つめていた。

（きれいよ。オリヴィン）

アルマンディンの言うとおりだ。

恋する若者たちは美しい。

アウィンは、ちらり、とスフェーンたちを窺《うかが》ったあと、再び、うずくまっているユークレースに視線を戻す。

うなだれているせいか、それとも、打ちひしがれているせいか、ユークレースはスフェーンとオリヴィンがいるのに気づいてもいないようだ。

　重々しい声で、アウィンが言った。

「スフェーン姫の結婚相手が決まったぞ」

　ユークレースの肩が、びくん、と大きく揺れる。

「誰か知りたくないのか？」

「僕は……」

「俺だ。俺はスフェーン姫と結婚することにした」

　弾かれたように、ユークレースが顔を上げる。

　その薄青い瞳に浮かんだのは、深い、深い、絶望……。

「……お…おめでとう……ございます……。王子……」

　ユークレースは、アウィンに向かって頭を下げると、かけらも感情のない声で言った。

「……スフェーン姫は、やさしく、穏やかで、慎み深い方です……。あの方なら、きっと、すばらしい妃となられましょう……」

　アウィンは笑ってスフェーンに視線を向け手招きする。

「スフェーン。こっちに来い」

　スフェーンは、オリヴィンに笑いかけ、それから、ひとり、静かに、アウィンに歩み寄る。

　ユークレースは頑《かたく》なに顔を上げようとしない。その肩はぶるぶると震えている。

　さすがにかわいそうになって、スフェーンは、目線の高さが同じになるようユークレースの前に屈み込み、その肩をそっと撫でた。

「ユークレース。顔を上げて」

「……ぼ、僕は……」

「お願い。今、ここで、顔を上げないと、一生後悔することになるわよ」

　半分脅《おど》しのような言葉に、意を決したのか。そろそろとユークレースが顔を上げる。

　その薄青い瞳が、目の前にいるスフェーンの顔を映した。

「……え？」

　思っていたのと違う顔で、虚をつかれたのだろう。呆然とするユークレースに、スフェーンは、にっこり、と笑いかける。

「嘘をついていてごめんなさい。わたしがスフェーンよ」

「え……。あ……。う……」

「いろいろと、その、事情があって、小間使いのオリヴィンと入れ替わっていたの。あなたたちと同じね」

「……」

　ガラス玉のようだったユークレースの薄青い瞳に、ゆっくりと生気が戻ってくるのがわかった。ユークレースは、今、絶望から解放されたのだ。

「では……！　では、あの方は……。僕がスフェーン姫だと思っていた人は……」

「オリヴィン。いらっしゃい」

スフェーンはオリヴィンに向かって手招きをする。

オリヴィンは、ためらいながらも、ゆっくりと近寄ってきた。

「ユークレース。改めて紹介するわ。私の小間使いのオリヴィンよ」

「……オリ…ヴィン……」

「さあ。あなたの大好きな王女は、王女でなく、ただの娘になったわよ。ユークレース。あなたは、どうするの？」

スフェーンは、オリヴィンの手を取り、ユークレースの前に導いた。

ユークレースは、オリヴィンの前にひざまずいたまま、オリヴィンのさわやかな緑の瞳を見上げている。

「……オリヴィン……？　ほんとうに……？」

「ええ……。これがわたしのほんとうの姿よ……」

「ああ……」

ユークレースが、ひざまずいたまま、オリヴィンの手を取り、頰を押し当てた。

「これは夢だ。僕は自分に都合のいい夢を見ているんだ」

オリヴィンが、そっと、微笑む。

「あなたは夢で終わらせたいの？」

「まさか！　でも、僕は、なんの取り得もない、ただの馬番で……、あなたに誇れるものなんて、なんにもなくて……」

「あたしもただの小間使いよ」

「……オリヴィン……」

「王女でなくても、愛していると言ってくださいますか？　ただの小間使いのオリヴィンでも、あなたのおそばにいてもいいですか？」

ユークレースが立ち上がり、オリヴィンをきつく抱き締める。

「いくらでも、言います。愛してる。愛してる。愛してる。愛してる。愛してる」

「ああ。ユークレース……。あたしも、あなたが、好き……」

そうして、重なる二つの影……。

スフェーンとアウィンは、そっと目配せをして、やっとのことで結ばれた恋人同士から、離れる。

「よかった……。これで、オリヴィンもしあわせになれそうだわ」

スフェーンは、泉のほとりで熱烈なキスを交し合っているふたりを見ながら、安堵のため息をついた。

隣でアウィンもスフェーンと同じようにため息をついている。

「まったく、一時はどうなることかと……」

思わず顔を見合わせた途端、笑いがこみ上げてきた。

なんだか、妙におかしくて、ふたりして、肩を叩き合い、笑い合う。

アウィンが言った。

「さて、あのふたりのことがようやく片づいたから、今度こそ、俺たちの番だな」

スフェーンは、小さく首を傾げながら、アウィンの青い青い瞳を見上げる。

「あら。わたしたちには、もう、なんの問題も残っていないはずでしょう？」

「いや。残っている。俺は、まだ、おまえの返事を聞いていないぞ」

「返事？」

「求婚しただろう？　返事を聞かせろ」

スフェーンは小さく肩をすくめた。

「今さら言うの？　オリヴィンに結婚するって言ったあれで、もう、よくない？」

「いや。だめだ。俺は、おまえの口からはっきりと聞きたいんだ」

アウィンはけっこう頑固だ。言い出したら、簡単には引かないことは、もう、わかっている。

「じゃあ、やり直して」

スフェーンは、笑いながら、手を差し出した。

「もう一度、ちゃんと、求婚して」

アウィンは、片眉だけを釣り上げ、やれやれといった表情をしながらも、ひざまずき、スフェーンの手を取ってくちづける。

「愛しています。スフェーン姫。私がおじいちゃんになっても、そばにいてください。一生私を離さないでください。私と結婚してください」

スフェーンは、飛びつくようにして両腕でアウィンを抱き締めると、大きくうなずいて答えた。

「はい！」

あとは、もう、キスの嵐。

しあわせな二組の恋人たちの上には、アナトリの森の木漏れ陽がやさしく降り注《そそ》いでいる……。

終章　ブリリアント・ブライド

まったく、結婚式を挙げるのに、どうして、こんなに時間がかかるんだ？」

アウィンが盛大にぼやいた。

「そのローブ一着作るのに一年以上もかかるなんて、ありえないだろう？」

スフェーンは言い返す。

「仕方ないでしょう？　最高級の手織りレースよ」

ほんとうだったら三年はかかると言われたのを、これでも、無理を言って急いでもらったのだ。

「あなたのほうこそ、宮殿を新築したじゃないの」

「あれは父上と母上が勝手に決めたんだ。俺のためにじゃないぞ。俺の花嫁のためにな」

「あら。わたしのせいだって言いたいの？」

「誰もそんなこと言ってないだろう。第一、あれは、既に建設中だったんだ。花嫁だけが間に合っていなかった」

スフェーンは、ため息をつきながらアウィンが指差した真新しい宮殿を見上げる。

「それで、いやいやベルフトに来る破目になったというわけね」

アウィンは、先日、めでたく立太子の儀を終えた。

アウィンがこの時期に立太子することは以前から決まっていたそうだ。アウィンの立太子に合わせて、アウィンとその妃のための新しい宮殿も建設中だった。

だが、宮殿は完成しそうなのに、王太子妃がいない。

王太子夫妻のためにと建てた宮殿に王太子妃がいないのでは格好がつかないと言って、アウィンの両親はスフェーンに求婚するようアウィンに命じたらしい。

「……とにかく、ようやく結婚式を迎えられてよかった……」

アウィンがしみじみと言う。

「ほんとね……」

それだけは、スフェーンも同意見だ。

まず、激昂《げっこう》するスフェーンの父を説得し、なんとか結婚の許しをもらったあと、パイロープやラリマールにも平謝りに謝った。

それから、国を挙げての結婚の準備だ。

なんせ、王子と王女の結婚である。

どこでするとか、誰を呼ぶとか、いろいろと面倒くさいことばかりが山積みになって、準備はちっともはかどらなかった。

結局、ドレイク王国の王宮での結婚式となりはしたが……。

「このまま結婚できないんじゃないかって、一時期は、本気で思ったわ……」

「俺もだ……」

「でも、今日からは、ずっと、一緒ね」

今までは、ドレイクとベルフトに別れ、思うように会えなかった。

時折、馬を飛ばして訪ねてきてくれるアウィンを待つことしかできなかった日々の、なんて、長かったこと。

でも、そんな離れ離れのふたりも、もう、終わり。

きらびやかな正装に身を包んだアウィンがスフェーンを抱き寄せる。

花嫁衣裳姿のスフェーンは、うっとりと、アウィンの青い青い瞳を見上げた。

「アウィン……」

「愛してる。スフェーン」

「わたしもよ……」

瞳を閉じると、アウィンが、そっと、唇を寄せてくる。

スフェーンは、甘い、甘い、キスの予感に震えた。

けれども、あと少しで唇が触れ合うというその時、無粋《ぶすい》な声が邪魔をする。

「やあ。スフェーン姫。こちらにおいででしたか」

スフェーンはあわててアウィンから身を離した。

誰かと思えばパイロープだ。

「ちっ」

とアウィンが舌打ちをするのが聞こえた。

スフェーンは、アウィンを軽くにらみつけ、パイロープに微笑みを向ける。

「パイロープさま。本日は、よくお越しくださいました」

「スフェーン姫。そのローブ、よくお似合いですね。美しいあなたが、今日はいつにも増して輝いて見える。まるで、美の女神そのものです。女神よ。どうぞ、私にも祝福を」

パイロープがスフェーンの手を取ってくちづけをしようとするのを、アウィンは強引にスフェーンを抱き寄せることで阻止した。

パイロープは、アウィンのように「ちっ」などとは言わず、アウィンに満面の笑みを向ける。

「アウィン王子。本日はおめでとうございます」

「……ありがとうございます」

「おふたりのご成婚のお祝に、私から花を贈らせていただきました。どうぞ、お受け取りください」

それを聞いて、スフェーンはげんなりした。

あれか。また、蘭の花か。今度はどれだけの量が持ち込まれたのか？　もっとも、ドレイク王国の王宮はアナトリの離宮よりずっと大きいから、置き場所に困るようなことはないだろうが。

アウィンは、『これは俺のものだから手を出すなよ』と主張するようにスフェーンの肩をしっかり抱いて、パイロープに満面の笑顔を向ける。

「いただいた蘭は、各国からのお客さまに一輪ずつお渡しすることにいたしました。お客さまたちにもお喜びいただけることでしょう」

パイロープの黒い瞳が、きらり、と光った。

「アウィン王子の格別のご配慮痛み入ります」

アウィンは、何も答えず、ただ、鷹揚《おうよう》に微笑んだだけだ。

それ以上は何ごともなく去っていったパイロープの後ろ姿を見守りながら、スフェーンは苦笑する。

「パイロープさまったら、相変わらずね」

「ほんと。信じられないよな。普通、これから結婚しようという花嫁を口説くか？　しかも、花婿の前で」

そうぼやくアウィンは、礼儀正しくそつのない王太子さまとは別の人のようだ。

でも、これが、きっと、ほんとうのアウィン。

アウィンはスフェーンの前では己を取り繕《つくろ》わないし、スフェーンも、また、同じ。お陰で、時々、先ほどのような言い合いになることもあるけれど、本音を隠さねばならないことも多い王族である自分たちにとって、言いたいことを言える相手というのは、互いに貴重だ。


「おじさまは、パイロープさまのあれは挨拶《あいさつ》みたいなものだって言っていたわよ」

「わかってるさ」

アウィンが肩をすくめた。

「やつは俺が蘭をどう扱うか探りに来たんだ。そっちがほんとうの目的だろう」

「……どういうこと？」

「やつが蘭を贈ってよこしたのは宣伝のためだ。贈り物は、たいてい、目立つ場所に飾られる。その横で、世間話のついでに、パイロープはアロゴ産の蘭を売り込むつもりなのさ。今日、ここには、各国からの客が大勢集まる。しかも、金持ちの客ばかり。こんな絶好の機会を、あのがめつい男が見逃すはずないからな」

「なるほど」

なんて、抜け目ない。

「でも、ということは、わかっていて、アウィンはパイロープさまに協力したの？」

アロゴの蘭が人目に触れないようどこかに隠しておくことだってアウィンにはできるはずだ。

なのに、わざわざ、お客さまに一輪ずつ渡して宣伝してあげるのはなぜなんだろう？

「ドレイクはドレイクで、アロゴに発注したいものがあるからな。そういう時、優先的に品物を回してもらうようにするには、時にはこういうふうに便宜《べんぎ》を図ってやって恩を売っておくことも必要なんだ。政治とは、そういうものだよ」

「ふぅん」

アウィンが聡明《そうめい》だという噂《うわさ》は聞いていたが、確かに、その通りだ。

あのしたたかそうなパイロープともちゃんと渡り合えている。

強いだけじゃないのだ。

(なんだか、惚《ほ》れ直した気分だわ)

喜びがこみ上げてきた。

この人を好きになってよかった。

この人となら、一生を共に歩いていける。

「アウィン……。好きよ……」

「スフェーン……」

先ほど、パイロープに邪魔をされたキスの続きが、ようやくできそうだった。

首を傾け、睫《まつげ》を伏せようとしたちょうどその時、視界の隅に、見覚えのあるふたりの姿が映る。

スフェーンは、ぱっとアウィンから離れると、そのふたりに駆け寄った。

「オリヴィン！　久しぶり！　元気だった!?」

「はい」

とオリヴィンがうなずく。

「ユークレースとサフィリーンも元気そうね」

オリヴィンの隣でユークレースがふんわりと微笑んだ。

「スフェーンさまもお元気そうで何よりでございます」

ユークレースの腕の中では、丸々と太った赤ん坊がすやすやと寝息を立てている。

王子と王女という立場上、いろいろと面倒くさいしがらみを抱えていたスフェーンたちと違って、オリヴィンは、あのあと、すぐに、ドレイク王国に嫁《とつ》ぎユークレースの妻となった。今では、馬番の女将《おかみ》さんとして、ユークレースと一緒に王室の馬の世話に勤《いそ》しんでいるらしい。

「やっと、姫さまがドレイクにおいでになったのです。ほんとうなら、今すぐにでも、宮殿に行って、姫さまにお仕《つか》えしたいのですけれど……」

スフェーンは笑って首を横に振った。

「オリヴィンの気持ちはうれしいけれど、今は丈夫な赤ちゃんを産むことだけを考えて」

スフェーンがそっと手を当てたオリヴィンの腹は、ふっくらとふくらみ始めている。

「ありがとうございます。姫さま」

はにかむように頬を染めるオリヴィンを、微笑ましく見守りながら、スフェーンは、ふと、思い出した。

「そういえば、オリヴィン。ラリマールさまが今日おいでになっていない理由を知ってる？」

ラリマールからは丁寧な祝辞《しゅくじ》が贈られてきたが、本人は来ていない。

「ラリマールさまって、あのラリマールさま、ですよね？　想像もつきませんわ」

オリヴィンが、意外な名前を耳にしたというように、首を傾げている。

ラリマールは、スフェーンがオリヴィンと入れ替わっていたことを知った途端、不快なのを隠しもしない表情で『嘘をつくような方とは一緒に暮らせない』とかなんとか言って、求婚者を辞退したそうだ。

どっちにしろ、ラリマールが選ばれないことはわかっていたはずなのに、それでも、そういうことを言ってしまうあたりが、ラリマールらしいといえばラリマールらしいが……。

「それがね」

とスフェーンは内緒話でもするように声をひそめる。

オリヴィンも身を乗り出してきた。

「それが、ラリマールさま、ご結婚なさったのですって」

「ラリマールさまが!?」

「そうよ。しかも、お相手は、なんと、わたしたちよりも年下の、ラリマールさまからしたら娘みたいな、あどけない方らしいわよ」

「まあ」

「そのかわいらしい奥さまが『お留守番なんていや。淋しくて死んじゃう』っておっしゃるので、ラリマールさまはピスキスからお出にならないらしいの」

最初聞いた時は信じられなかった。

あのラリマールと結婚しようというだけで、スフェーンから見たらかなりの強者《つわもの》だと思うが、のみならず、自分本位で人の話を聞かないラリマールを振り回すなんて。

「ラリマールさまったら、そのあどけない方に、すっかり、骨抜きになっているみたいよ」

「……びっくり、ですわ……」

「でろでろのめろめろなんですって。いったい、どんな顔をなさっているのか見てみたいわね」

「……ほんとですわね」

ちなみに、エピドートは乱行《らんぎょう》が過ぎて、ついに、国王である兄の怒りを買い、軍隊に叩き込まれたらしい。それも、仕官ではなく、ただの一兵卒《いっぺいそつ》としてだ。今ごろは北の大地の凍土《とうど》を掘っているという噂だが、そこのところは定かではない。

ふたりして笑っていると、アウィンがやってきてスフェーンの肩を抱いた。

「そろそろ行くぞ。スフェーン」

「それじゃあね。オリヴィン。また、あとで」

スフェーンは、手を振りながら、オリヴィンたちから離れ、そのまま、アウィンとふたり、寄り添って歩き始める。

「随分楽しそうだったな。なんの話をしていたんだ？」

「特別なことじゃないわ。女同士のおしゃべりはいつだって楽しいものよ」

スフェーンの答えに、アウィンが肩をすくめた。

「まあ、いいさ。オリヴィンはおまえが嫁いでくるのを心待ちにしていたようだし、会いにいってやるといい」

「もちろんよ」

「それにしても、ユークレースがあんなに手が早かったなんて、ほんとうに、意外だな。もっと、純情なやつだと思っていたんだが……」

確かに。

アウィンとスフェーンはようやく結婚式にこぎつけたところだというのに、あちらは、もう、ふたり目の子供までできている。

「それだけオリヴィンのことを愛しているのよ」

「そう遠くない内に大家族になりそうだ」

「にぎやかでいいじゃない」

「今の家では手狭だろう。考えてやらないといけないかもしれないな」

「是非、そうしてあげて。オリヴィンのためにも。生まれてくる赤ちゃんのためにも」

などと話し合っている内に、大聖堂の入り口が見えてきた。

入り口の前では、アルマンディンがそのブルーグレーの瞳に穏やかな笑みをたたえてスフェーンとアウィンを見ている。

「おじさま！」

スフェーンは、レースの裾《すそ》をひるがえして、アルマンディンに抱きついた。

アルマンディンは、いつものように、笑ってスフェーンを受け止める。

「きれいだよ。スフェーン。今日は、特別美しい」

「ほんとう？」

ブルーグレーの瞳を見上げると、頬にやさしいキスが落ちてきた。

「ああ。生まれて間もないころから今日まで、私はたくさんのきみを見てきた。どのきみも愛らしくいとおしかったが、やはり、今日のきみは、その中でも、断然輝いて見えるよ」

アルマンディンのまなざしは、普段と変わらず、やわらかでいながら、どこか、小さな男の子のようにいたずらっぽく輝いている。

だが、そのブルーグレーの瞳の底には、何か、これまでは感じなかったものが見えたような気がして……。

戸惑うスフェーンの目の前で、大聖堂の大きな大きな扉が開いた。

ステンドグラスに描かれた守護天使たちの向こうから、あふれんばかりの光が差し込んでくる。

まるで、今日という日を祝福するように。

まぶしさに、一瞬眩《くら》んだ目が視力を取り戻した時、一番最初に目に入ったのは、スフェーンに手を差し伸べ、微笑むアウィンの姿。

「さあ。お行き」

アルマンディンがスフェーンの背中をそっと押した。

「しあわせにおなり。私のかわいいプリンセス」

促《うなが》されるままに、差し伸べられたアウィンの手を取ってから、スフェーンは静かに振り返る。

アルマンディンは、もう、いなくなっていた。

スフェーンが祭壇《さいだん》の下まで進んでいくのを、このまま、見守っていてくれると思っていたのに、どうして……？

「おじさま……？」

首を傾げるスフェーンの肩を、アウィンが力強く抱き寄せる。

耳に触れたのは、吐息のようなささやき。

「アルマンディン殿は、やっぱり、おまえのことを愛していらしたのではないかな。その……、女として……」

「おじさまが、わたしを？」

「自分のところに嫁にくればいいとおっしゃったんだろう？　あれは、冗談でも戯言《ざれごと》でもなく、本気だったのではないかと俺は思う」

そう、なのだろうか？

あのやさしさは、アウィンとの恋に破れ傷ついた心につけ込んで、スフェーンを手に入れようとするアルマンディンの手管《てくだ》だったのか？

確かに、苦しい時に、甘やかされ、やさしくされたら、アルマンディンのことを好きになっていたのかもしれない。

でも、自分はアウィンを選んだ。

ほかの誰でもない、アウィンを。

「そんなことあるわけないじゃない」

スフェーンは笑った。

「アウィンの考え過ぎよ」

スフェーンの言葉に、アウィンは仕方なさそうに苦笑する。

「そうか。俺の考え過ぎか」

「ええ。そうよ」

パイロープはアロゴの大商人で、ラリマールはピスキスの英雄。

エピドートは、まあ、置いておくにしても、ふたりは、国王である父の目にかなったのだし、それぞれ、社会的に認められた立派な人物であるのはまちがいない。

でも、スフェーンは彼らに恋をすることはできなかった。

そして、アルマンディンにも……。

そう。それだけ。

たった、それだけのこと。

「行こうか」

アウィンの青い青い瞳がまっすぐにスフェーンに向けられる。

スフェーンもきらめく緑の瞳でアウィンを見つめた。

「ええ」

ゆっくりと、その一歩を踏み出した時、胸の奥深いところからひそやかに湧き上ってきたのは、頭の芯まで染みとおるような歓喜。

今日、わたしはアウィンの花嫁になる。

これからは、生涯、アウィンと共に生きていく。

もう、決して、離れない。

死がふたりを分かつ日が来ても、わたしの心はずっとこの人の傍《かたわ》らにある。

音楽も歓声もなかった。

各国からたくさんの人々が集まっているというのに、大聖堂内は、しん、と静まり返っている。

聞こえるのは、スフェーンのローブのレースが立てる衣擦《きぬず》れの音だけ。

その中を、アウィンとスフェーンは、ステンドグラス越しの木漏れ陽にも似たやわらかな光を浴びながら、軽やかに祭壇の前まで進んでいく。

ひざまずくふたりに、司祭さまは穏やかな声でたくさんの祝福をくださった。中でも、スフェーンの心に一番残ったのは、この言葉だ。

「きっと、この先、多くの困難があなた方を待ち受けていることでしょう。時には、ふたりでいるのがつらく感じることもあるかもしれません。その時は、是非、今日という日を思い出してください。ふたりが夫婦として結ばれたこの日の喜びが、きっと、あなた方を助けてくれるはずです」

だから……。

(忘れないわ)

今日の、この光。この静けさ。スフェーンとアウィンを見下ろしている守護天使たちのやさしいまなざしも、大聖堂にずらりと並ぶ人々のローブとコートのきらびやかさも。

それから、まっすぐに前を見つめているアウィンの横顔も。

「結婚宣誓書《せんせい》にサインを」

司祭さまの指示によって、紙とペンとインクがしずしずと運ばれてきた。

まずは、アウィンがペンを取り結婚を宣誓する文書の下にサインをする。

アウィンがサインし終わると、次は、スフェーンの番。

その様子をあたたかなまなざしで見守っていた司祭さまは、ふたりのサインが終わると、高らかな声で宣言をした。

「ここに、ドレイク王の息子アウィンとベルフト王の娘スフェーンの結婚を宣言する」

あたりは、まだ、静まり返ったままだ。

司祭さまの声がおごそかに響き渡る。

「誓いのキスを」

アウィンは、スフェーンのほうに向き直ると、スフェーンの肩をそっと引き寄せた。

見上げた青い青い瞳には、とろけるような微笑み。

そっと、そっと、唇が近づいてきた。

睫を伏せる。

吐息を感じた。

「これで、やっと、キスができるな」

ささやきと共に触れてきたのは、甘い、甘い、くちづけ。

瞬間、割れるような歓声が沸き上がった。

「結婚おめでとう！」

「王子と王女に幸多かれ」

「末永くおしあわせに！」

スフェーンとアウィンは、聖堂を揺るがすほどに降り注《そそ》ぐ祝福の言葉と拍手を浴びながら、甘いキスに酔いしれ……。

そして――――。

◇◇◇

「あっ……、ああっ…あん……」

熱い吐息が口をついて出た。

「や……あぁ……んん……」

露《あらわ》になった胸を、容赦なく揉みしだいているのはアウィンの大きな掌《てのひら》だ。

その頂《いただき》の蕾《つぼみ》を、時折、指先で引っかくようにされるたびに、熱い痺《しび》れが広がり、喉が鳴る。

「ひぁっ……あぁっ……」

背中をぞくぞくと駆け抜けていく戦慄《せんりつ》。

あとからあとから湧き上がってくる熱に内側から焼き尽くされ、身体がとろとろにとろけそう。

ここは、王太子夫妻のために新しく建てられた宮殿の、一番奥まった場所にある寝室。その寝室の豪奢《ごうしゃ》な寝台の上で、花嫁衣裳を半分だけまとったあられもない肢体《したい》を、後ろからアウィンに抱き締められ、スフェーンは淫《みだ》らな喘《あえ》ぎをこぼし続けている。

「あっ……、あん……。もう、いや……。そこばっかり……」

溜まらず、スフェーンは、伸び上がって、切れ切れに訴えた。

「このコルセットってやつが……」

アウィンは、もう一方の手で、さっきからコルセットの紐《ひも》と格闘中だ。

「ああ。もう、面倒くさい。これは、もう、ほんとうに、男の敵だな」

スフェーンは、いやいやをするように、首を横に振る。

さっきから弄《いじ》られ過ぎて、胸の頂がじんじんしていた。張りつめた乳房の下で極限まで高められた熱が渦巻いているようでつらい。

早く、ほかの場所にも触れてほしかった。

スフェーンの全身がアウィンを求めている。

「ようやく外れた……」

アウィンの言葉と共に、スフェーンを縛《いまし》めていたものが、ふわり、とゆるんだ。

アウィンは、外したコルセットをベッドの下に放り投げると、スフェーンの細腰を両手で掴んだ。

「こんなに細い腰なのにコルセットなんか必要あるのか？」

くすぐったさに、スフェーンは身をよじる。

「コルセットは淑女のたしなみよ」

「胸だって、下着なんかで矯正《きょうせい》しなくても、ほら、こんなに、張りつめて、盛り上がってる」

「あぁっ……」

今度は、後ろから両方の乳房を鷲掴《わしづか》みにされ、スフェーンは甘い悲鳴を上げた。

アウィンの唇がうなじを這《は》い、肩を食《は》む。

たまらず膝を擦《こす》り合わせると、身体の芯に熱くてまっすぐな杭《くい》を打たれたみたいに、足の間から頭のてっぺんに向かって、震えるような熱が駆け抜けていった。

聖堂での儀式が終わり、アウィンと王宮のバルコニーからドレイク王国の国民に挨拶をした。

スフェーンがほんの少し手を振っただけで、中庭に集まっていた人々から、すぐそばにいるアウィンの声さえ聞き取れないほどの拍手と歓声が巻き起こり、ふたりはそれに包まれて再びキスをした。

そのあと、各国のお客さまをお迎えしての晩餐会《ばんさんかい》。

ふたりして抜け出したのは、始まってすぐ。まだアントルメが出るか出ないかの内のこと。だって、早くふたりきりになりたかった。

長い間、ずっと、ずっと、離れ離れだったのだ。

互いのぬくもりが恋しくて恋しくて、それだけしか考えられなくて、晩餐会のごちそうは喉を通らないし、どんな挨拶も耳を素通りだ。

この部屋で、やっとふたりきりになれた時の、あの悦びといったら。

それだけで、思わず失神してしまいそうだったけれど……。

「……あんっ……」

スフェーンの中を穿《うが》っていたアウィンの指が、くちゅ、と濡れた音を伴って出ていった。それにさえ熱を煽《あお》られて、スフェーンは身悶《みもだ》える。

「キスして」

促され、スフェーンは両腕をアウィンの首に回し、言われるままに、何度も、何度も、触れるだけのキスをする。

アウィンは、寝台の上に座ったまま、膝の上にスフェーンを抱き上げると、慎重に滾《たぎ》る自身をスフェーンの中に収めていく。

「あ……あぁ……あああ……」

ずるり、と内側を擦り上げながら、奥深いところまで侵入してくる熱い塊《かたまり》。

それが、たまらなくいとおしい。

スフェーンは青い青い瞳を見つめて微笑んだ。

「愛してるわ。アウィン」

スフェーンの王子さまは、言葉の代わりに、熱い熱いキスをくれた。


おしまい♪

あとがき

ロイヤルキス文庫さまでは、はじめまして、ですね。

姫野百合《ひめのゆり》と申します。

このたびは拙作をお手に取っていただきありがとうございます。

もう読んでいただけましたか？

まだの方は、よろしくお願いいたします。

既に読んでくださった方。少しでも楽しんでいただけましたか？　もし、そうなら、姫野もとってもＨＡＰＰＹです。

今回のお話を書くにあたって、編集部さまより『読んでいてはらはらしつつも、甘い世界できゅんきゅん出来るお話』で、とリクエストを頂戴いたしました。

せっかくなので、きらきらしたかわいいお話にしたいなー。

タイトルも、きらきら輝いている感じにしよう。

そして、きらきらといえば、宝石、だよね？

という、いたって単純な理由により、今回のお話の登場人物の名前は、すべて、宝石から取らせていただきました。

宝石って、思っていたより、いろんな種類があるのですね。びっくりです。

アウィンとか、スフェーンとか、そういう宝石があるなんて、今回のお話を書くために調べてみて初めて知りました。

どちらも、とてもきれいな宝石です。

ちなみに、オリヴィンだけは、宝石の名前ではなく、鉱石の名前です。

スフェーンとは違う色合いの緑の宝石ということでペリドットなんていいかもー。

でも、名前としてはどうかなー。

というわけで、ペリドットを含むかんらん石を指すオリヴィンにしてみました。

いかがでしょう?

きらきらしたお話になっていますでしょうか?

姫野としては、健康的で明るいお話にはなったのではないかと思っています。『読んでいてはらはらしつつも、甘い世界できゅんきゅん出来るお話』になっているといいな。

最後になりましたが、KRN《かれん》さまには、すてきなイラストをありがとうございました。

いや、もう、とにかく、王子カッコいい!!!

スフェーンもとってもかわいくて、感激です!!!!

この場をお借りして御礼申し上げます。

姫野　百合

Royal Kiss Label

ロイヤルキス文庫

♥好評発売中♥

もう、離さぬ。お前は私のものだ――！

王太子殿下の溺愛エスコート
～恋初めし伯爵令嬢～

くるひなた：著
氷堂れん：画

伯爵令嬢アイリを初めての社交界でエスコートしてくれたのは、なぜか王太子のクラウスだった!!　だけど、王太子がパートナーだったことに嫉妬した令嬢達から罠に嵌められてしまうアイリ。颯爽と駆けつけ、助けてくれたクラウスは、アイリの危なっかしい様子に「私がお前を大人にしよう」と告げてきて!?　優しく純潔を散らされ、甘く淫らなキスと熱い愛撫を施される日々に、クラウスへの想いは募るばかり。彼の温もりに身を委ねてしまいたいけれど――。
甘くとろけるピュアラブロマンス♥

定価：本体 573 円＋税

お前を、真実の俺の妻としたいのだ。

愛を選ぶ姫君
～運命は花嫁にささやいて～

火崎　勇：著
氷堂れん：画

公爵令嬢ジェレイラは婚約者に恵まれなかった。八歳の時のカッコイイ騎士、十歳から十八歳までの婚約者、誰とも結婚しなかった。王家の血を利用されないよう親の決めた数々の婚約は、とても年の離れた従叔父である次期国王陛下と整い、将来の王妃になる事に!!　覚悟を決めた日、お城の馬屋でカゲツという貴公子のような男性と出逢う。厳しくて不遜だけど、実は誠実で優しいカゲツに惹かれていく。愛される悦びに初心な純潔を散らされ、甘く疼く愛の日々が始まるけど、彼には秘密があって――!?

定価：本体 573 円＋税

ロイヤルキス文庫

Royal Kiss Label

♥好評発売中♥

色褪せぬ想い
妃への永遠の愛の誓い

国王陛下のひとめぼれ
～偽りのプリンセス!?～

立花実咲：著
旭炬：画

公爵令嬢リゼットは隣国との特別親善大使として臨席した友好条約式典で、カイル王子と出逢う。精悍で凛々しいカイル王子のダンスのエスコートに胸の鼓動は高まり恋心が溢れる。しかし、カイルの兄ニコラス王子が不慮の事故のせいで、リゼットを婚約者だと勘違い、大々的にお披露目してしまった!! 誤解を解く間もなく宮廷で過ごすリゼット。貴族たちの渦巻く思惑の罠から守ってくれたのは…♥　淡い恋心を自覚したリゼットをカイルは甘く熱い愛撫で蕩けさせ──。

定価：本体 582 円＋税

未来永劫ずっと俺と共にいてくれ

王太子からの甘美な求愛
～贖罪は淫らなキスで～

芹名りせ：著
御園えりい：画

伯爵令嬢マリレーヌは亡き母のため栽培していた薬草を、今も丹念に育てていた。そんな貴重な薬草を黒い外套の青年に荒らされてしまい、叱りつけ手を上げるが、その青年は、次期王位継承者のレオポルド王子だった !!　宮殿に呼びつけられ、なぜか豪華な部屋に滞在することになったマリレーヌは、非礼を詫び、罪を償いたいと申し出る。しかし、レオが与えた罰は、口付けと淫らな愛撫だった。罰のはずなのに、優しい指先の甘美な痺れに身体は悦んでしまい──!?

定価：本体 591 円＋税

ロイヤルキス文庫
Royal Kiss Label

♥好評発売中♥

蜜夜の花嫁
～皇太子様に魅入られて～

橘かおる：著
gamu：画

「いじられるの、初めて？」
離宮へ避暑にやってきた活発な公女アナは、川で負傷した男を救う。煌びやかな装飾を纏う麗しい男は隣国の王子フランツだった。目覚めたフランツは助け出したアナではなく、双子の姉アガサへ“命の恩人”と勘違いして口説いてしまう。本当はアナを愛している証と、フランツは甘い唇でアナの心を蕩かせ、無垢な純潔を淫らに散らし、欲望を刻んでゆく……。素直になれずにいたアナも熱い愛撫に幾度も許してしまい!? 蜜夜に誓う濃厚ラブ♥

定価：本体 581 円＋税

傲慢王とシンデレラ姫
～愛の運命に結ばれて～

水島　忍：著
えとう綺羅：画

虐げられ、過酷な毎日を過ごしていた元王女・レイラ。彼女が不思議な旅人と出会った半年後、王国は破滅した。敵王に要求され、レイラは現王女のかわりに花嫁となる。しかし、城に現れたのはあの日の旅人──いや、悪魔だと評判のウィルフレッド王だった。偽りのまま処女を捧げ、身体を暴かれる快感に震えるレイラ。敵に心を奪われてはならない、けれど助けてくれた旅人の面影を忘れる事もできない。快楽だけが宿命を忘れさせてくれるが、彼の本当の心は一体──？

定価：本体 571 円＋税

溺愛王子の甘やかな誘惑
―プリンシア・マリッジ―

舞　姫美：著
坂本あきら：画

人見知りの王女・リュシアは仮面舞踏会の夜、金髪の美青年に迫られ、初めての蕩けるようなキスを味わう。余韻に浸る翌日、隣国の王子・エドアルドから招待状が届き!? 慣れないエスコートに身を震わせながらも、エドアルドの指先に胸が高鳴る──もっと触れてほしい。たとえそれが淫らな熱を伴っていても。なぜこんなに優しくしてくれるのだろう。初めて出逢ったはずなのに……彼といることに躊躇うリュシア。帰国を告げたその夜、初心な身体は、傷付いたエドアルドに掻き抱かれて……！

定価：本体 610 円＋税

離宮の花嫁
～身代わり姫は琥珀の王子に囚われて～

立花実咲：著
旭炬：画

存在を隠された王女・クリスティナは、政略結婚のため、姉の身代わりに「純潔」を証明しなければならなくなる。花嫁となり、初夜を迎えるクリスティナ。美しいアレクシス王子は執拗な舌と指でクリスティナを甘く責める。このまま純潔を散らされてしまうの？ 戸惑うクリスティナにアレクシスは不敵に微笑んで、「夫を愛せないのか」と言う……情欲とともに囁く彼が毎日見せる様々な表情。けれどもし、正体がばれてしまったら……芽生えていく想いに、クリスティナの心も乱されて──。

定価：本体 600 円＋税

ロイヤルキス文庫をお買い上げいただきありがとうございます。
先生方へのファンレター、ご感想は
ロイヤルキス文庫編集部へお送りください。

〒102-0073　東京都千代田区九段北1-5-9-3F
(株)ジュリアンパブリッシング　ロイヤルキス文庫編集部
「姫野百合先生」係　／　「KRN先生」係

✦ロイヤルキス文庫HP✦ http://www.julian-pb.com/royalkiss/

Royal Kiss Label

ブリリアント・ブライド
～煌めきの姫と五人の求婚者たち～

2015年7月30日　初版発行

著　者　姫野百合

発行人　小池政弘

発行所　株式会社ジュリアンパブシッリング
〒102-0073　東京都千代田区九段北1-5-9-3F
TEL　03-3261-2735
FAX　03-3261-2736

印刷所　中央精版印刷株式会社

ISBN978-4-86457-239-2　Printed in JAPAN